길고양이 새벽이의
지구별 여행기

길고양이 새벽이의
지구별 여행기

글 에이의 취향

그림 박지영

"고양이 생은 짧아.
한 걸음이라도
더 빨리, 더 멀리 가보는 거야!"

iN 더난출판

늘 재미있는 일을 찾았습니다.
진짜 재미있는 일이 필요했던 것인지,
반복되는 일상에서 벗어나고 싶었던 것인지는 모르겠습니다.
다만 늘 "어디 재미있는 일 없을까?"라는 말을
입에 달고 살았죠. 그러나 정작 재미와 행복을 스스로
찾아 나설 용기는 없었던 것 같습니다.

그래서 새벽이가 필요했습니다
현실의 나를 대신해 재미있는 세상을 찾아 떠날 수 있는
용기를 가진 존재를 생각해보았습니다.
'어떻게 살아야 할까? 행복이란 무엇일까? 내 꿈은 뭐였지?'
늘 머릿속에 맴도는 질문의 답도 대신 찾아주길 바랐죠.
그렇게 길고양이 새벽이가 탄생했습니다.

새벽이는 하루하루를 불안하게 살아가는 작은 생명체입니다.

그러나 새벽이는 길고양이들이 행복한 세상을 만들겠다는
큰 꿈을 품고 세계의 고양이들을 만나러 여행을 떠납니다.
당연히 힘들고 어려운 길의 연속이지만
새벽이는 결코 포기하거나 좌절하지 않습니다.
꿈을 꿔야 그다음이 있다는 것을 아는 고양이이니까요.

새벽이의 이야기를 통해 저 역시 꿈을 꿉니다
보다 많은 사람들과 새벽이의 이야기를 나누고 싶습니다.
가족과 친구를 만들고 모험도 즐기며 살 수 있도록 말이죠.
더불어 새벽이와 같은 길고양이들이 지금보다 안전하고
행복하게 살 수 있으면 좋겠습니다. 새벽이의 이야기가 재미와
행복을 스스로 찾아 나서는 출발점이 됐으면 좋겠습니다.

일단 멈춰서고 다시 걷기 시작하는 것!
행복해지는 가장 쉬운 방법일 수 있습니다.
앞으로 어떤 길이 기다리고 있을지는 알 수 없습니다.
행복을 찾으려다가 더 힘들고 위험한 길을
만나게 될 수도 있어요. 한 가지 확실한 것은,
다시 걷지 않으면 어떤 변화도 일어나지 않는다는 거예요.
행복으로 가는 길도, 꿈을 꾸는 일도 불가능할 테니까요.
저는 새벽이를 만나 재미와 행복을 찾는 길에 발을
내딛게 됐습니다. 이 책을 읽는 여러분도 그 길로 발걸음을
옮길 수 있기를 바랍니다. 우린 이렇게 살아있으니까요.

차
례

1화

대한민국 서울

길에서 태어났으니
길에서 행복을
찾고 싶어요

제 이야기를 들어보실래요?
제가 살아온 이야기, 세상 곳곳을 여행한 이야기 말이에요.
아직 사방이 깜깜한 10월의 어느 새벽, 저는 태어났어요.
그래서 이름이 새벽이에요.

처음에는 엄마도 있었고, 함께 태어난 형제들도 있었죠.
그런데 어느새 저는 혼자가 되었답니다.
엄마는 어디로 간 걸까요? 형제들은 또 어디로 갔을까요?
엄마가 기다리라고 한 곳에 얌전히 있었는데…….

분명 어디선가 엄마가 저를 찾고 있을 거라 생각한 저는
엄마를 다시 만날 때까지 씩씩하게 지내기로 결심했어요.
무서워도 울면 안 됐어요. 내가 자꾸 울면 여기저기서 무서운
소리가 들리고, 사람들이 쫓아오기도 했거든요.
어떤 사람은 따라오면서 발로 저를 막 때리기도 했어요.
그래서 정말 울지 않겠다고 다짐했죠.

얼마 지나니 날씨가 점점 추워졌어요.

배가 고픈데 날씨까지 추우니 엄마가 더 보고 싶었어요.

겨울은 정말 괴로운 계절이죠.

어느 날은 배가 너무 고파서 골목길 끝에 쓰러져 있었어요.

그런데 어딘가에서 나타난 할머니가 저를

밥이 있는 곳으로 데려갔어요.

할머니는 저를 며칠 동안 지켜봤다고 했어요.

지켜보면서 돌봄이 필요한 새끼 고양이라는

사실을 알게 됐대요. 제가 있던 골목길이 할머니의

집 근처였던 게 얼마나 큰 행운인지.

얼마나 많은 고양이들이 저처럼 도움의 손길을
받지 못하고 혼자 죽는 걸까요.
할머니를 만나지 못했다면 저도 다른 고양이들처럼
죽었을지도 모르죠.

저는 운이 좋아서 살아남았어요. 겨울엔 하루가 몹시도
길고 힘들었지만 할머니 덕분에 견딜 수 있었어요.
크고 단단한 몸으로 "빵빵" 소리를 내는 형들이 있어서
그나마 다행이었어요.

물론 무서웠죠. 소리도 크고 엄청 빠르거든요.
그래도 가끔 잠들어 있는 빵빵 형들의 몸에 올라가면
따뜻해서 참 좋았어요.

따뜻해..

"겨울이 빨리 지나갔으면 좋겠어"

진짜 잠을 깊이 자는지 형들이 잘 깨지 않는 것도 좋았구요.
너무 추울 때는 잠든 빵빵 형들을 찾아 다녔죠.
한번은 깜박 잠이 들었는데 빵빵 형이 소리를 질러서
깜짝 놀랐어요. 빵빵 형들도 사람들이 무서운 것 같았어요.
사람들이 옆에 오면 소리를 지르고,
엄청 빠른 속도로 도망갔거든요.

잔혹한 계절, 겨울

제가 사는 동네에는 다른 형들이랑 누나들도 있었어요.
가끔 저보다 어린 아이들도 왔지만 다들 금방 동네를 떠났죠.
몇몇 형들이 먹을 걸 찾아 떠나는 바람에 너무 슬펐어요.

누나들은 더 따뜻한 곳을 찾아갔어요.
빵빵 형이랑 살짝 부딪쳤던 할머니는 점점 몸이 무거워졌어요.
괜찮다고 했지만 다리가 계속 불편해 보였죠.

그해 겨울, 할머니는
영영 만날 수 없는 곳으로 떠나고 말았어요.
지금은 얼굴도 흐릿해진 엄마 그리고 저와 함께 태어난
형제들도 그렇게 떠나간 걸까요?
할머니가 더 이상 만날 수 없는 곳으로 떠난 날,
저는 울지 않겠다는 스스로와의 약속을 지키지 못했어요.
여기저기서 무서운 소리가 들렸지만 무서운 줄도 몰랐어요.
너무 슬펐거든요.

"길에서 사는 많은 고양이들이 그렇게 살아간단다."
엄마를 기다리다 지친 저에게
어느 날 할머니가 가만가만 이야기해줬어요.
자신의 진짜 가족과 살아가는 고양이들은 많지 않다고,
우연히 만난 고양이들이 서로에게 의지하며 함께
살아간다고요.

엄마는 어딘가에서 또 다른 가족을 만들며 살아가고
있을 거라고 그리고 저도 그렇게 해야 한다고요.

다른 고양이에게 저의 곁을 내주면서.
할머니의 숨소리가 조금씩 사그라들던 그날,
저는 엄마를 잃어버렸을 때보다 더 많이, 아주 오랫동안
울었어요. 겨울은 제게 잔혹한 계절이었죠.

길 위에서 만난 인연들

길에서 사는 우리에게 좋기만 하거나 나쁘기만 한 건 없어요.
길고양이를 대하는 모든 사람이 나쁜 것도,
그렇다고 모두 좋은 것도 아닌 것처럼요.
어떤 사람은 저에게 기꺼이 먹을 것을 내어주지만,
어떤 사람은 아무런 이유 없이 저를 쓰레기통에 처넣거나,
돌을 던지거나, 발로 차기도 하죠.
좋은 사람이든 나쁜 사람이든, 일단 우리는
경계할 수밖에 없어요.

할머니는 겨울에 몸을 녹일 수 있게 해주던 빵빵 형아들
때문에 죽었어요. 모든 게 좋기만 하거나
나쁘기만 하지 않아요.
그냥 제가 그때 그 자리에 있었을 뿐인 거죠.
길에서 사는 우리 고양이들은 늘 사소한 우연에
운명이 바뀌곤 해요.

늘 제 밥을 빼앗아 먹던 형은 어느 날
쓰레기통에서 발견됐어요. 검은 봉지에 싸여 있어서
처음엔 죽은 줄만 알았죠.

원래는 따뜻한 집에서 맛있는 것을 잔뜩 먹고 살았대요.
마냥 행복하게 지냈는데, 자기가 어쩌다 쓰레기통에서
깨어나게 됐는지 모르겠다고 했죠.
기억하거나 말하고 싶지 않은 거 같았어요.
저도 더는 묻지 않았어요. 형은 늘 제 몫까지 빼앗아 먹었지만,
그냥 제가 덜 먹기로 했어요. 형은 밤이면 늘 울었거든요.

행복해지는 방법을 찾아 떠날 거예요

마침내 가혹한 겨울이 지나고 따뜻한 봄이 찾아왔어요.
포근한 햇볕을 쬐니 겨울 동안 얼었던 마음이
조금씩 녹는 것 같았어요.
그렇게 무섭고 힘들던 겨울도 한 번 더 보내고 나니
두렵지만은 않았죠. 어떤 사람을 피해야 하는지,
어디에 숨어야 하는지, 어떻게 체온을 유지해야 하는지
경험을 통해 배웠으니까요.

"고양이의 시간은 빠르게 흐르기 때문에
할 수 있는 모든 모험을 해야 해."

언젠가 할머니는 이렇게 말씀하셨죠.
세상을 혼자 살아내는 법을 배웠으니 이제 이 골목을
떠날 때가 됐다는 생각이 들었어요.
전에 할머니가 이야기해주셨던 곳에 가고 싶어졌죠.

오랫동안 저를 살뜰하게 챙겨준 누나와 헤어지는 게 아쉽지만,
더 넓은 세상을 보고 다양한 친구들을 만나고 싶었어요.
그럼 저도 더 행복해지는 방법을 알게 될 것 같았거든요.
겨울을 지내고 나서 겨울을 보내는 법을 알게 된 것처럼요.

일본 아오시마 섬

고양이의 천국이라는
섬을 아시나요?

"새벽아, 배를 타고 한참 가면
고양이의 천국이라 불리는 섬이 있단다.
그곳에는 수백 마리의 고양이 가족이 살고 있어.
그곳 사람들은 우리를 때리거나 쫓아내지 않고 맛있는 음식과
애정 어린 손길을 준단다.
우리 고양이들도 그곳 사람들을 좋은 이웃이라고 생각하지.

예전에 내가 어린 고양이였던
시절에 그 섬에서 온
할아버지에게 들은 이야기란다.
정말 꿈같은 곳이지 않니?
나는 못 가보겠지만
새벽이 너는 고양이의 천국이라는
그 섬에 꼭 가봤으면 좋겠구나."

할머니는 고양이의 천국에 대해 이야기할 때마다
항상 꿈을 꾸는 듯한 표정이었어요.
이제 할머니의 꿈을 제가 대신 이뤄줄 수 있다고 생각하니
심장이 간질간질해졌죠.

고양이들이 자유롭게 뛰어노는 곳, 아오시마 섬

고양이 천국에 가려면 배를 타야 한다고 해서
바다라는 곳엘 처음 가게 됐어요.
그런데 그렇게 물이 많은 곳은 태어나서 한 번도
본 적이 없어서 너무 무서웠어요.
털에 물이 묻으면 춥고 몸이 무거워져
기분이 별로이기도 했구요.

그래도 여행을 떠나기로 한 제 결심은 흔들리지 않았어요.
게다가 막상 바닷물에 몸이 닿자 끔찍할 정도로 싫거나
무섭지 않더라고요. 신기했어요.

저는 배에 타자마자 사람들이 찾을 수 없는 곳에 숨었어요.
시간이 지나자 배가 너무 고파서 저도 모르게
고개를 빼꼼 내밀고 먹을 것을 찾기 시작했죠.

그러다가 어떤 아저씨와 딱 마주치고 말았어요.
사실 서울에서는 아저씨들이 제일 무서웠어요. 그런데
배에서 만난 아저씨는 활짝 웃으며 제 머리를 쓸어줬어요.
너무 당황해 한동안 도망쳤다가 다시 그곳에 가니
물과 먹을 것이 놓여 있었어요. 그 후로 두 사람을 더 만났는데
다들 저를 보고 미소를 지었어요.

손을 내밀어 머리를 만져주려 했고요.
고양이의 천국으로 가는 배라서 그랬던 걸까요?
놀라기도 했지만 기분이 참 좋았어요.

사랑받는 기분은 할머니랑 제게 먹이를 주던
누나에게서만 느껴봤는데, 만나는 모든 사람이 절 사랑해주니
기분이 정말 최고였답니다.

마침내 도착한 고양이 천국

즐거운 항해 끝에 배가 항구에 도착했어요.
배에서 몰래 빠져나왔는데, 세상에! 그곳은 정말 고양이의
천국이 맞았어요. 항구에 고양이밖에 없었거든요.
제가 인사를 하자 대장 고양이가 천천히 앞으로 나왔어요.
그리고 저에게 다가와서 섬에는 왜 왔는지 물었어요.

조금 무서웠지만 저는 대한민국의 길고양이를 대표한다는
생각에 어깨를 펴고 대답했죠.

"세계의 길고양이들이 어떻게 사는지 궁금해
여행을 하고 있어. 이곳이 고양이의 천국이라고 해서
꼭 와보고 싶었고. 나의 첫 여행지야.
잠깐 이곳에서 함께 있어도 될까?"

대장 고양이는 여기서 사는 건 안 되지만 잠깐 여행하는 건
괜찮다며 허락해줬어요.

"반가워. 내 이름은 츠이야. 내가 이 마을에 와서
처음 만났던 고양이가 지어준 이름이지. 이곳은
실제 이름은 아오시마 섬이지만, 고양이 섬으로 더 유명해.
우리들이 살기 시작하면서 많은 사람들의 관심을 받게 됐지."

츠이는 차분하게 섬에 대한 이야기를 이어갔어요.
고양이 조상님이 처음 그 섬에 온 건 쥐를 잡기 위해서였대요.
그 섬에 살면서 우리 조상님들은 가족을 만들었죠.

반가워!
내 이름은 츠이야!

그런데 점점 섬에 살던 사람들이 없어졌대요.
다들 일하러 멀리 육지로 떠난 거죠. 제가 도착했을 때
아오시마 섬에는 어딜 가든 고양이가 가득한 반면,
사람은 열일곱 명밖에 살고 있지 않았어요.
그들은 고양이와 오래 함께 살아온 사람들이라서 전혀
무서워할 필요가 없었죠. 햇살이 좋은 날이면 함께 볕도 쬐고,
섬에 있는 어느 집엘 가든 사랑받을 수 있었어요.

고양이를 이웃이라 생각하는 곳

사람들이 고양이를 함께 사는 이웃으로 여겨주다니.
서울에서는 상상도 할 수 없는 일이었죠.
그리고 그 섬에 사는 빵빵 형아들은 정말 착했어요.
고양이들을 피해 조심스럽게 달렸거든요.
서울에서는 빵빵 형아들 때문에 많은 고양이 친구들이
다치거나 죽었는데, 역시 아오시마 섬은 달랐어요.

그곳이 고양이의 천국인 이유는 맛있는 것이 많아서도,
넓고 좋은 집들이 있어서도 아니었어요.
그곳에는 그저 우리를 죽게 하는 것들이 없었어요.

서울에서 우리가 가장 무서워했던 건 사람이었는데,
그곳에서는 사람들이 우리와 함께 살아가는 이웃이었어요.
그러니까 빵빵 형아들도 우리를 위협하지 못했던 거고요.
빵빵 형아들은 사람들의 말을 잘 들으니까요.
언제 어디서든 무섭지 않았어요.
물론 섬에 고양이들이 너무 많아서 마음껏 음식을
먹지 못할 때도 있었지만, 함께 살아간다는 행복이 배고픔을
이길 수 있게 해주었어요.

고양이를 사랑하는 사람들이 우리를 보기 위해 종종
섬으로 찾아오기도 했죠. 이런 섬사람들에게
나쁜 일이 생기지 않도록 고양이들도 노력했어요.
대장이 늘 조심하라고 주의를 주곤 했죠.
사람들의 음식을 몰래 빼앗거나 사람들이 싫어하는 일을
하지 않도록 교육도 받았어요.
고양이들도 사람을 위하고, 사람도 고양이들을 사랑하니까
아오시마 섬이 고양이의 천국이 될 수밖에 없는 거였어요.
함께 살아가는 일이 가능한 곳이니까요.

저는 온종일 섬의 이곳저곳을 돌아다니다 지치면
돌담 집 앞 햇빛이 잘 비치는 곳에서 일찍 잠자리에 들었어요.
제가 푹 잠이 들어도 아무도 저를 괴롭히지 않는다는 걸 아니
마음 편히 잘 수 있었죠. 그 작은 섬은 할머니에게 듣던 대로
과연 고양이의 천국이었어요!

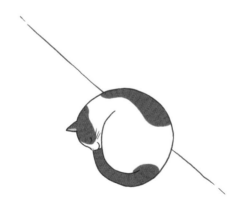

3화

미국 뉴욕

고양이도 도시를
지킬 수 있어요

다음 여행지는 아오시마 섬에 사는 대장 고양이가
추천해준 곳으로 정했어요.
대장 고양이의 형이 있는 뉴욕 맨해튼으로 가기로 했죠.
쥐를 잡기 위해 아오시마 섬에 왔던 조상들처럼 대장 고양이의
형은 도시를 지키는 고양이가 되기 위해 사람들이 많은
도시로 떠났다고 해요.
아오시마 섬을 떠난 이후로 한 번도 만나지 못했지만,
형이 떠나면서 해준 이야기를 믿고 있다고 했죠.

"나는 우리 조상님들처럼 사람들에게 도움이 되는
고양이가 될 거야. 그러기 위해 사람이 엄청 많은 큰 도시로
떠나기로 결심했어. 나는 대도시의 고양이 영웅이 될 테니까
너는 이곳에서 가족들을 지켜줘."

대장 고양이는 형이 분명 맨해튼이라는 곳에서 고양이 영웅이
되어 있을 거라며 저에게 대신 만나러 가달라고 했죠.
그렇게 제 두 번째 여행지는 최고의 도시인 뉴욕이 됐어요.

사람이 넘치는 대도시 뉴욕

뉴욕에 도착하니 사람이 정말 많았어요.
수많은 사람들의 발을 피해 대장 고양이의 형을 찾아야 했죠.
뉴욕에 사는 고양이들은 무척 도도했어요.
아무리 공손하게 물어봐도 무시하거나 시비를 걸어와서
조금 무섭기도 했고요.
아오시마 섬에 있던 고양이들과는 너무나 달랐어요.

대장 고양이 형의 소식을 수소문한 끝에 맨해튼 제이비츠
컨벤션센터 근처로 가보라는 정보를 입수했죠.
일단 배가 너무 고파서 뭐든 먹고 찾아보기로 했어요.
뉴욕은 먹을 걱정은 안 해도 되는 곳이었어요.
여기저기 쥐들이 숨어 있는 게 다 느껴졌거든요.
곳곳에 음식물 쓰레기들도 많았고요.

뉴욕으로 떠나는건
어때 ?

배를 채우니 살 것 같았어요. 대장 고양이의 형은
등이 검고 배가 하얗다고 했죠.
컨벤션센터 근처를 여기저기 둘러보고 있는데,
등이 검고 배는 하얀 고양이가 어슬렁어슬렁
걸어오고 있었어요.
그렇게 사람이 많은 도시에서 그토록 여유로울 수 있다니,
정말 신기했어요.

조심스럽게 다가가 대장 고양이 이야기를 하자
형이 깜짝 놀란 얼굴로 쳐다보며 저를 반겨줬어요.
역시 고양이는 생김새만 정확히 알면 다 만날 수 있다는 말은
사실이었어요. 다들 독특한 무늬를 가지고 있기 때문에
우리끼리는 헷갈리지 않는 거죠.

맨해튼의 고양이 순찰대원, 실베스터

대장 고양이의 형은 이름이 실베스터였어요.
영화배우 실베스터 스텔론처럼 강인한 고양이라는 의미로
컨벤션센터 관계자가 지어줬다고 해요. 형의 관리인이었죠.

형은 뉴욕에서 우리가 꿈꾸던
도시 영웅으로 활약하고 있었어요.

넘쳐나는 쥐들을 잡거나 위협해서 뉴욕을 떠나도록 하는 게
임무였죠. 실베스터 형은 4인조 길고양이 순찰대의 대원이기도
했어요. 말 그대로 그 구역에서 형을 이길 고양이는 없었어요.

처음 형이 맨해튼에 도착했을 때는 살기가 정말 힘들었대요.
거리에서 먹을 것을 찾기 위해 다른 고양이들과 싸워야 했고,
고양이를 미워하는 사람들을 피해 늘 도망 다녀야 했죠.
사람들에게 필요한 고양이 영웅이 되기는커녕
언제 죽을지 알 수 없는 날들이 이어졌다지요.

그러다 우연히 15년 전 LA 꽃시장에서 고양이 순찰대의
대원으로 일했던 노인 고양이를 만나게 된 거예요.
그 고양이의 이야기를 들으며 형의 꿈은 새록새록 되살아났고,
고양이 영웅이 되어 사람들과 함께 살고 싶다는 마음도
커져만 갔죠.

하지만 사람들이 먼저 손을 내밀어줘야
우리 고양이들이 가진 마음을
전할 수 있어요. 실베스터 형도 결국
마음을 전하지 못하고
죽음을 맞이할 위기를 겪었죠.
사람에게 잡혀버렸던 거예요.

잡히는 순간 실베스터 형은 이제 죽었다고 생각했대요.
그런데 형의 마음이 하늘에 닿았는지, 운 좋게도 형을 잡은
사람은 마침 컨벤션센터의 관계자였어요.
매일 늘어나는 쥐들 때문에 고민을 거듭하던 그는
길고양이를 잡아 중성화 수술과 예방접종을 시킨 후
센터에 풀어놓겠다는 계획을 세웠어요.
고양이 냄새만 나도 쥐들은 그 지역을 떠나거든요. 언제 어떻게
잡아먹힐지 모르는 위험을 감수하는 쥐들은 많지 않아요.

그렇게 고양이 순찰대가 된 실베스터 형은 쥐들로부터
사람들을 지키는 일을 시작했어요.
길고양이 순찰대에는 실베스터 형 말고도 고양이 대원 셋이
더 있었어요. 알프레다, 마마 캣, 진저 대원인데
모두들 실베스터 형과 같은 마음으로 열심히 활동하고 있었죠.
형의 이야기를 들으면서 길고양이와 사람이 대도시에서
함께 사는 게 불가능한 일은 아니라는 생각을 했어요.

물론 사람의 필요에 의해 우리가 쓰임을 당하는 것이라고
생각할 수도 있지만, 사람에게 도움이 되고 싶은 우리의 바람이
진짜로 이뤄진 것이라고 생각할 수도 있으니까요.

사람들도 큰돈을 들이거나 독한 쥐약을 쓰는 것보다
길고양이 순찰대가 있는 편이 훨씬 좋았나 봐요.
순찰대원이 점점 더 늘어났거든요.
맨해튼에서 길고양이 순찰대로 살아볼까 잠깐 고민했지만,
저에게는 아직 여행할 곳이 많이 남아 있다는 생각에
다시 길을 떠날 채비를 했죠.

고양이와 사람의 공존

많은 사람들이 우리 길고양이들을 싫어해요.
우리가 볼일을 보면 냄새가 나고, 우는 소리를 들으면
기분이 나빠진다고도 해요.
우리를 싫어할 수 있다고 생각해요. 그게 나쁜 것은 아니에요.
다만 정말 마음이 아픈 건 우리가 싫다며
우리의 존재 자체를 부정하고 없애려는 사람들이에요.

그런데 뉴욕에서 실베스터 형과 또 다른 고양이 순찰대원들을
만난 후 생각이 좀 달라졌어요. 사람이 우리 길고양이들에게
손을 내밀어주면 서로에게 도움을 주며 함께 살 수 있는 방법이
분명 있다는 믿음이 생겼죠.
대도시에서 쥐들이 모두 사라지고 나면
길고양이 순찰대는 필요 없어질지도 몰라요.
그렇지만 서로에게 도움이 됐던 기억은
우리 모두 간직하고 있으니, 함께 살아갈 수 있는
또 다른 방법도 생기지 않을까요?

실베스터 형이 오래도록 사람에게 도움이 되는
길고양이 영웅으로 남았으면 좋겠어요.
그럼 또 다른 고양이들도
실베스터 형을 보며 멋진 꿈을 꿀 수 있을 테니까요.

4화

모로코 탕헤르

이곳에서는 고양이들의
눈빛이 순해져요

실베스터 형에게 다음 여행지로 어디가 좋을지 물었더니
모로코라는 곳을 추천해줬어요. 뉴욕에서 만난
많은 고양이들이 이런 말을 했다면서요.
"모로코, 터키, 그리스야말로 진정 고양이들을 위한 나라야."
그 이야기를 들으니 어떤 곳이기에 그렇게 많은 고양이들이
같은 생각을 했을까 궁금해졌죠.

"내 친구의 친구 이야기야. 그 친구는 모로코의 탕헤르라는
도시에 살고 있다고 했어. 그 친구에게는 다리가 하나뿐인데,
보통 몸이 아프거나 불편한 길고양이들은 오래 살지 못해.
금방 죽고 말지.
그런데 그 친구는 벌써 4년째 살고 있나 봐.
내가 그 친구의 이야기를 처음 들은 지도 2년이 넘었거든."

사실 제가 어린 시절을 보낸 곳에도 몸이 불편한
친구가 있었어요. 그 친구는 사람들을 피해 도망 다니기 바빴고
고양이들과 함께 지내는 것도 힘겨워했어요.
결국 우리와 만난 지 두 달 만에 죽고 말았죠.

몸이 불편한 다른 고양이들도
대부분 비슷했어요.
하루도 편하게 쉬는 날 없이 지내다가
세상 구경을 아주 짧게 끝내곤 했죠.
그런데 모로코의 그 고양이는
어떻게 4년을 살고 있을까요?

길고양이가 자유로운 나라

기나긴 여정 끝에 저는 마침내 탕헤르에 무사히 도착했어요.
곧바로 그 몸이 불편한 고양이를 찾아 나섰죠.
탕헤르에선 낮에 혼자 길거리를 돌아다녀도
아무도 째려보거나 무섭게 화내지 않았어요.
빨리 몸을 숨기기 위해 뛰어다니지 않아도 됐구요.

마치 제가 사람이 된 듯한 기분이었어요.
사람들은 인도로 걷고, 저는 그 옆의 고양이 도로를
걷는 느낌이었다고 할까요. 사람들이 많은 대도시에서
한 번도 이렇게 느긋했던 적이 없었기에
기분이 정말 좋았어요.

탕헤르에 도착한 지 채 하루도 지나기 전에
왜 그렇게 많은 고양이들이 이곳을 우리의 천국으로 꼽았는지
알 수 있었어요. 맛있는 냄새에 이끌려 어느 식당에 갔더니
예쁜 고양이가 의자에 앉아 있었어요.
앞에 앉은 사람은 고양이에게 열심히 먹을 것을 주고 있었죠.
마치 고양이가 주인인 것 같았어요.
사람들이 사용하는 테이블과 의자에 고양이가 함께 앉아
밥을 먹다니, 정말 신기한 광경이었어요.
그 식당에 있는 사람들은 전혀 이상하지 않다는 듯
다들 편안하게 식사를 하고 있었어요.

그때 불쑥 제 앞에 어떤 사람이 나타나더니,
자기 접시에 있는 음식을 뚝 잘라 저에게 주었어요.
식당에 마음대로 들어온 길고양이인 저를
그곳 사람들은 집에 있는 자기 고양이를 대할 때와
같은 얼굴과 마음으로 대해주었죠.
맛있게 점심을 먹고 고마움의 인사로 저에게 먹을 것을 나눠준
사람의 손에 몸을 한 번 비비고는 식당을 나왔어요.

오랜 여정의 피곤함이 한꺼번에 몰려와 잘 곳을 찾는데
누가 저를 부르더군요.

모로코식 호텔 소파에 앉아 있는 고양이였어요.
그 고양이 덕에 저도 호텔 소파에서 잠을 잤죠.
탕헤르는 정말 말도 안 되는 일이 이뤄지는 도시 같았어요.
폭신한 곳에서 잠까지 자고 나니 몸이 날아갈 듯 가벼워졌어요.

눈빛으로 느껴지는 고양이들의 행복

다음 날, 탕헤르 이곳저곳을 구경하다보니
고양이들이 모여 있는 곳이 보였어요.
저는 그 친구들에게 함께 밤을 보내자고
이야기해볼 생각으로 다가갔죠.

"안녕. 나는 한국에서 온 새벽이야.
세계 여행을 하고 있는 중이지.
오늘 밤 여기서 함께 보내도 될까?"
"당연하지."

그 무리의 대장 고양이는
흔쾌히 저를 받아줬어요.
그곳의 길고양이들은
눈빛이 참 순했답니다.

사람들이 괴롭히지도 않고
하고 싶은 걸 다 하며 살아서인지 뉴욕의 길고양이들처럼
사납거나 무섭지 않았어요.
서울의 길고양이들처럼 슬픈 눈빛으로
두려움에 떨고 있지도 않았고요.
그저 평온한 눈빛이라는 말이 딱 어울렸죠.

"너희들 눈빛을 보니 참 행복해 보이는구나."

제가 이렇게 말하자 무리의 대장 고양이가 대꾸했어요.

"응, 행복해. 매일 아침이면 할아버지가 우유를 들고 찾아와.
아, 저쪽에서 자고 있는 다리가 불편한 친구가 가장 먼저
우유를 먹지. 그 친구를 괴롭히면 할아버지에게 혼나.
할아버지가 유일하게 발을 쿵쿵 구르는 순간이기도 해.
그때를 제외하면 절대 화를 내지 않거든.
이곳 사람들은 우리를 자유롭게 놓아둬.
그저 자신들과 함께 살아가는 이웃이라고 생각하지.
자신들의 기준이나 법칙을 강요하지도 않아.
가끔 난 우리가 사람보다 더 자유롭다고 느끼기까지 하거든.
그래서 이 도시가 참 좋아."

다음 날, 아침 해가 밝아오자 어젯밤에 대장 고양이가 말한
그 할아버지가 손에 우유 두 통을 들고 찾아왔어요.
그러고는 내가 찾던 다리가 불편한 친구에게 다가가
우유를 주기 시작했죠.

그 친구는 사람은 무섭고 두려운 존재가 아니라
고맙고 자기를 사랑해주는 존재라고 생각하는 듯했어요.
몸이 불편한데도 할아버지에게 애교를 피우며
몹시 즐거워했어요.
사람들이 다가와도 그 친구는 전혀 겁내지 않았죠.
그저 모든 사람과 행복한 한때를 보낼 뿐이었어요.

탕헤르에서 만난 그 할아버지와 고양이들의 눈빛은
오래도록 제 기억에 남아 있을 거예요.
도시에서 살면서 그런 순한 눈빛을 가진
길고양이들은 그곳에서밖에 보지 못했으니까요.

5화

그리스 산토리니

고양이로 태어난 게
죄는 아니잖아요

모로코에서 보낸 시간들은 무척 행복했어요.
친구들도 많이 사귀었구요.
그곳 사람들은 이방인인 저한테도 애정을 나눠주었죠.
덕분에 매일이 즐거운 날들이었어요.
그녀가 나타나기 전까지는 말이에요.

그녀를 처음 본 순간부터 이상하게 가슴이 뛰었죠.
정말 매력적이었거든요.
그때까지 제가 만난 모든 고양이 중에 가장 예쁜 고양이였어요.
쿵쿵거리는 제 심장 소리가 들리지 않을까 걱정하며
재빠르게 그녀를 뒤따라갔죠.

모로코 친구들이 그리스 산토리니의 고양이들이
가장 도도하고 예쁘다고 했던 말은 거짓이 아니었어요.
그녀도 산토리니 출신이었거든요.
그녀는 탕헤르에 나타난 그 순간부터 많은 고양이들의 애정을
한몸에 받고 있었어요.

"한국에서 온 고양이가 너니?"

"응 맞아. 나는 한국에서 태어난
길고양이 세벽이야.
지금은 세계 여행 중이고.
넌 누구니?"

"흥, 나에 대해 몰라니, 긴방지구나.
난 산토리니의 인기 스타라고!
내 고향은 정말 아름다워. 파린 지붕과 하얀 건물.
푸른 바다가 어우러지는 그곳은
분명 세계에서 가장 아름다운 곳일 거야."

그녀는 추억에 잠겨 고향 자랑을 시작했어요.
그녀가 태어난 그리스 산토리니의 이아마을은 모로코만큼이나
살기 좋은 곳인 데다 정말이지 너무 아름다워서
한번 보면 결코 잊을 수 없는 마을이라고 했어요.

이야기를 듣다보니 이아마을이 더 궁금해졌죠. 동화 같은 풍경,
그보다 더 동화 같은 고양이들의 마을이라니.
저는 아무 고민 없이 다음 여행지를 이아마을로 정했어요.
그녀도 함께 가겠다고 했기 때문은 절대 아니에요.
정말 이아마을을 보고 싶었던 거라니까요.

그저 사랑스럽기만 한 생명체, 고양이

이아마을의 첫인상은 정말 엄청났어요.
초승달 모양의 산토리니 섬의 가장 북쪽에 위치한 이아마을은
아무리 천천히 걸어도 30분에서 1시간 정도면
다 둘러볼 수 있을 정도로 작았어요.
그 작은 마을에 고양이들이 정말 많이 살고 있었어요.
거짓말을 조금 보태 한 걸음 옮길 때마다
새 고양이 친구를 만날 정도였죠.

그 친구들 모두가 사랑을 한몸에 받고 있었어요.
정말 많은 사람들이 그 친구들의 사진을 찍고, 손길을 내밀고,
더 이상 사랑스러울 수 없다는 표정으로 바라봤죠.
그 모습을 보면서 저도 덩달아 그저 사랑스럽기만 한
생명체가 된 기분이었어요.

'왜 이아마을에서는 가능한 일이 서울에서는 어려울까?
어떤 차이가 있어서 우리를 바라보는 눈빛이 이렇게 다를까?'
이런 궁금증이 머릿속을 떠나지 않았어요.
그 질문에 대한 답을 찾다보니 어느새 바다 저편으로
해가 떨어지는 시간이 됐어요.

해가 지는 이아마을은 어떤 말로도 표현할 수 없을 만큼
아름다웠어요. 그곳의 석양을 바라보며
사랑을 고백하면 영원한 사랑을 이룰 수 있다고 해요.
그래서 이아마을의 고양이들은 다들 사랑이 넘치고
대가족을 이루고 있는가 봐요.
매일 석양을 바라보며 서로에게 사랑을 고백하고,
그 결과 아가들이 태어난 덕에 마을에 그렇게나 많은
고양이 가족이 살게 된 거겠죠?

태어나고 살아가는 지극히 당연한 권리

석양 속에서 서울의 친구들을 떠올렸어요. 태어나고 살아가는
일에 대해서도 생각했죠. 생명을 가진 존재들 중에
스스로 태어나는 것을 선택한 경우는 없잖아요.
어느 날 눈을 뜨니 이 세상에서 고양이로 살게 된 것뿐이죠.
그런데 태어난 장소에 따라 이렇게 다른 삶이 기다린다니,
슬픈 마음이 살며시 고개를 들었어요.

물론 고양이들만 그런 건 아니에요. 사람도 똑같을 거예요.
어떤 나라, 어떤 집에서 태어나느냐에 따라
살아가는 방식도, 삶의 질도 달라지죠.
그래서 다들 다시 태어나고 싶다고 하나 봐요.

그런데 우리 길고양이들의 진짜 바람은 좀 달라요.
사실 열악한 환경을 탓하는 길고양이들은 별로 없어요.
우리가 정말 무서워하는 건 차가운 시선이에요.
우리를 바라보는 사람들의 냉정한 시선이 가장 힘들어요.
왜 사람들의 그런 시선이 그렇게도 무서웠는지
그 이유를 산토리니의 이아마을에 와서야 확실하게 알았어요.

행복하다고 말하는 고양이들은 모두 사람들의
따뜻한 시선을 듬뿍 받고 있었어요.
길고양이를 바라보는 눈빛에 애정이 담겨 있었죠.
환경은 중요하지 않아요.
애정이 있으면 환경은 얼마든지 바뀔 수 있는 거니까요.

사랑스럽게 바라봐주는 산토리니 사람들의 눈빛이
적어도 제가 태어나고 살아가는 것이
죄는 아니라고 말해주는 것 같았어요.

애정이 담긴 눈빛의 힘

서울에서는 두 가지 눈빛에 익숙했어요.
우리를 곧 죽일 것같이 노려보는 눈빛과
우리가 괴물이라도 된 것처럼 무서워하는 눈빛.
간혹 애정 어린 눈빛도 느꼈지만 아주 짧은 시간이었죠.
애정은 금세 연민이 되고 안타까움이 됐거든요.
그런 눈빛을 대하다보니 우리도 두려움과 경계심밖에
남지 않았던 것 같아요. 도망가기 바빴죠.

이아마을의 고양이들은 그 누구도 사람의 발소리에 예민하지
않았어요. 누가 지나가도 자기 자리를 떠나지 않았죠.
무심하게 햇볕을 쬐며 잠을 자는 친구들도 정말 많았고,
아기 고양이들이 다칠까 봐 경계하지도 않았어요.
그곳 친구들은 믿었던 거예요.
사람들의 눈빛에 담긴 애정과 따뜻함을.

제가 너무 혼자만의 생각에 깊이 빠져 있자
산토리니의 인기 스타 고양이가 말을 걸어왔어요.
새침한 표정으로 말하는 그녀를 보면서 생각했죠.
'길고양이로 태어난 건 내 잘못이 아니야.
이 세상에 태어난 게 잘못인 생명은 없어.'

사실 모로코에서도 그렇고,
이아마을에서도 같은 생각을 했어요.
저렇게 애정 어린 시선까지는 바라지도 않는다고요.
그저 매일 눈을 뜨고 살아가는 서울에서
우리를 죽일 것같이 바라보는 무서운 눈빛만 만나지 않아도
충분하다고 말이죠.

6화

호주 시드니

고양이가 사라지면
문제가 해결될까요?

다음 여행지를 고민하고 있을 때 호주에서 온
고양이 친구를 만났습니다. 가족들은 모두 모로코로 갔고
자기는 산토리니로 왔다고 하더군요.
호주에서는 더 이상 살 수 없다고 하소연을 늘어놓았습니다.
호주 정부의 정책 때문이라면서요.
저는 호주에서 대체 무슨 일이 일어나고 있는 건지,
호주 길고양이들의 상황이 너무 궁금해졌어요.

두려움에 떨고 있는 호주의 길고양이

그 친구는 위험하다고 말렸지만,
저는 용기를 내어 새로운 여행지인 호주로 떠났지요.
호주에서 만난 길고양이들은 모두 표정이 무거워 보였어요.
다들 두려움이 가득한 얼굴이었죠.
저는 무슨 일이 일어난 것인지 자세히 알아보기 위해
호주 시드니 지역의 대장 길고양이를 찾아갔어요.

"이곳에서 무슨 일이 있었던 거예요?
다들 분위기가 어두워요."
"우리는 이제 전쟁을 준비해야 해. 호주 정부가 2020년까지
200만 마리의 길고양이를 죽이겠다고 발표했거든."
"200만 마리요? 아니, 왜요?"
"우리가 호주의 야생동물들을 잡아먹기 때문이야.
긴귀주머니쥐 같은 동물들이 멸종 위기에 처했다고 해.
그래서 더 이상 길고양이를 호주의 생태계 구성원으로
인정하지 않겠다는 거지.
우리도 계속 회의 중이지만 방법을 못 찾고 있어.
그렇다고 배고픈 친구들에게 사냥을 하지 말라고 강제할 수도
없고. 그저 사람들에게 잡히지 않기만 바랄 뿐이지."

정말 난감한 상황이라는 걸 느낄 수 있었어요.
저도 길고양이이지만 어느 한쪽 편을 들 수 없었어요.

고양이들 사이에서도 의견이 분분했어요.
다들 어떻게 해야 할지 잘 모르는 눈치였지요.

생태계의 균형

밤새도록 고양이들과 이야기해보니 저마다 생각이 달랐어요.
어떤 고양이는 제가 산토리니에서 만났던 고양이처럼
다른 나라로 가서 살겠다고 했고,
어떤 고양이는 지금까지 그래왔듯 잘 피해 다닐 수 있다고 했죠.
또 어떤 고양이는 일단 쥐 사냥을 멈춰야 한다고 했죠.
중요한 건 대다수의 길고양이들이 두려워하고 있다는
점이었어요.

길고양이들이 쥐를 사냥하지만 않으면 호주에서 함께
살아갈 수 있을까요? 뉴욕에서는 환영받던 일이
호주에서는 또 다른 문제를 만들어내고 있는 걸 보면서
생각이 많아졌습니다.
뉴욕에서 실베스터 형을 만났을 때는 도시의 길고양이들이
사람과 공존할 수 있다는 확신이 들었는데,
그 믿음이 흔들리기 시작했어요.
생태계의 다른 동물들도 고양이만큼 중요하니까요.
한숨만 깊어졌습니다.

호주 정부의 길고양이 감축 조치에 반대하는 사람들도
있다고 해요. 사실 우리는 번식력이 좋기 때문에
많은 수의 길고양이들을 죽여도 다시 새끼들이 태어날 것이고,
그러면 길고양이 수가 또 늘어나서 문제가 반복되겠죠.

현재 호주에 사는 길고양이가 2천만 마리에 가깝다고 하는데
그중 200만 마리가 죽는다고
문제가 해결될지는 잘 모르겠어요.
물론 생태계를 구성하는 다른 동물들도 중요하기 때문에
120여 종이나 되는 야생동물이 멸종 위기에 처한 상황을
그냥 두고 볼 수는 없겠지만요.

생각을 거듭할수록, 이야기를 나눌수록 더 답답하고
뾰족한 수가 떠오르지 않자 갑자기 눈물이 터져버렸어요.
우리 길고양이들은 왜 이런 운명일까요?

사랑받고 싶다는 본능

길고양이들은 매우 다양한 이유로
길 위에서 살아가고 있습니다. 세계 여행을 하면서 만난
친구들도 모두 각자의 이유가 있었죠.

다른 나라로
떠나야겠어..!

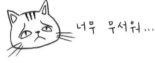

너무 무서워...

잘 피해 다닐 수
있을거야!

무서워...

쥐 사냥을
멈춰야 할 것 같아!

그런데 모든 길고양이가 공통되게 바라는 것이 있었으니,
사랑받으며 살고 싶다는 것이었어요.
물론 사랑받는 길고양이들도 많지만, 그들도 마음 한편에는
언제 무슨 일이 생길지 모른다는
걱정과 두려움이 늘 있더라고요.
우리 고양이들 때문에 생기는 문제들도 알고 있어요.
그래서 고민도 많고 걱정도 많아요.
처음에는 세계를 돌아다니며 많은 고양이들을 만나보면
행복을 찾을 수 있을 거라 생각했는데,
갈수록 우리가 진짜 행복해질 수 있을까 의구심이 들었죠.

공존에는 정답이 없는 것 같아요. 어떤 방식을 선택하느냐는
그 사회에 함께 살고 있는 생명체들 사이의 약속에 달렸죠.
그래서 저도 정답을 찾겠다는 생각은 버렸어요.
다만 행복에 좀 더 다가갈 수 있는 길에 대해 고민하기로 했죠.
그리고 세계 여행을 통해 더 나은 방법을 찾을 수 있을 거라는
믿음을 다시 한 번 되새겼어요.
그래야만 여행을 계속할 이유가 있는 것이니까요.
더불어 제가 만났던 세계 각지의 친구들이 각자 살고 있는 곳,
그 길 위에서 부디 살아남기를 마음속으로 바라고
또 바랐답니다. 호주의 친구들은 물론이구요.

7화

터키 이스탄불
첫 번째 이야기

톰빌리 아저씨는 왜
그토록 사랑받았을까요?

호주에서의 하루하루는 마음이 힘든 날들이었습니다.
하루빨리 다음 여행지로 떠나고 싶었어요.
마음을 위로받을 수 있고 친구들의 행복한 표정을 볼 수 있는
곳으로 가고 싶었어요. 어느 날, 한 고양이가 이런 말을 했어요.

"만약 호주를 떠나야 한다면 난 이스탄불로 갈 거야."
"이스탄불? 이스탄불에 왜 가고 싶은데?"
"이스탄불에는 우리 아빠의 친구였던 아저씨의 동상이 있거든."
"정말? 그 아저씨는 엄청난 일을 했나 보구나?"
"아니, 그저 그 자리에 있었고 살았고 죽었을 뿐이야.
군이 동상이 생긴 이유를 찾자면, 함께 살던 생명에 대한
이스탄불 시민들의 애정이지. 그 아저씨의 특이한 점이라면
지나치게 여유로웠다는 것뿐일걸. 톰빌리 아저씨를 따라
진작에 이스탄불로 갔어야 했다고 아빠가 늘 이야기했거든.
그럼 우리 가족이 더 행복했을지도 모른다고."

저는 톰빌리 아저씨가 너무 궁금해졌어요. 그 아저씨에게
동상까지 만들어준 이스탄불 사람들도 보고 싶었구요.

모로코의 우유 할아버지, 산토리니 사람들의 따스한 눈빛,
아오시마 섬사람들의 함께하는 삶의 방식과는
어떤 차이가 있는지도 궁금했어요.
그래서 다음 여행지는 이스탄불로 결정했습니다.
그곳에 사는 친구들의 이야기가
저에게 다시 한 번 용기를 북돋워주고,
행복을 찾는 여정의 새로운 전환점이 되어줄 거라는
기대가 생기기 시작했죠. 다시 설렘이 느껴졌습니다.
제가 여행을 하며 얻고 싶었던 답을 이스탄불에서라면
기대해볼 수 있을 것 같았어요.

오랫동안 함께 살아온 이웃 친구, 케디

장시간의 이동 끝에 이스탄불에 도착하니 너무 피곤해
금방이라도 쓰러질 것 같았어요. 배도 몹시 고팠고요.
어떻게 할지 고민하고 있는데, 눈앞에 밥과 물이
놓여 있는 게 보였어요. 뜻밖의 상황이라 잠시 고민했지만,
배가 너무 고파 일단 밥부터 먹기로 했어요.

그때 검은 털과 흰 반점이 매력적인 친구가
어슬렁어슬렁 느린 걸음으로 다가왔어요.

순간 긴장했죠. 제가 그 친구의 밥을 빼앗아 먹은 셈이었으니
싸움을 걸지 모른다는 생각에 덜컥 겁이 났어요.

"처음 보는 것 같은데 어디서 왔어? 넌 누구야?
난 케디라고 해."
그 친구는 제게 다가와 활짝 웃으며 이야기했어요.
반가워하는 목소리에 오히려 제가 당황했답니다.
조심스러운 목소리로 제 소개를 했죠. 그러고는 허락 없이
밥을 먹어 미안하다고 진심으로 사과했어요.
그 친구는 별일 아니라는 표정을 지으며 이렇게 말했어요.
"괜찮아. 여기 밥은 길고양이라면 누구나 먹어도 돼.
아마 한 시간도 지나지 않아서 또 밥그릇이 채워질 거야.
그러니까 이스탄불에 있는 동안은 편하게 먹어."

순간 믿을 수 없었어요.
밥 걱정을 하기는커녕 밥을 관대하게 나눠 먹는 길고양이라니.
정말 상상도 할 수 없는 일이었죠. 놀란 저는
이스탄불의 비밀을 더 알고 싶어 그 친구에게 안내를 부탁했고,
친구는 아주 즐거워하며 저를 이스탄불 곳곳으로 이끌었어요.
그런데 가는 곳마다 이 친구를 모르는 고양이가 없는 거예요.
저는 너무 신기했어요.

"케디, 너는 이 동네의 인기 고양이니?
어떻게 다들 너를 알아보는 거지?"
"아, 내가 얼마 전에 작은 영화를 한 편 찍었거든."
"영화를 찍었다고? 네가? 길고양이가 무슨 영화를 찍어?"
믿지 못하는 저를 보며 케디는 여유로운 표정으로 말했어요.
"〈케디〉라는 다큐멘터리를 찍었어.
나 말고도 여섯 마리의 고양이들이 함께했지.

사실 케디는 우리 터키어로 '고양이'라는 뜻이야.

그래서 그 영화의 제목도 케디가 됐어.
출연도 하고, 내 이름과 같은 제목의 영화도 있으니
내 인기가 얼마나 대단할지는 말 안 해도 알겠지?"

정말 엄청난 경험이었어요.
여행 도중 세계적으로 유명한 길고양이를 만나다니!
그렇게 이스탄불에서의 첫날은 꿈처럼 지나갔어요.
조금 얼떨떨하게 말이죠.

이스탄불 제일의 여유꾼, 톰빌리

다음 날, 마침내 톰빌리 아저씨의 동상을 보러 갔어요.
아저씨는 평소에 아주 편한 자세로 의자에 앉아 있었다고 해요.
그곳에서 나른한 얼굴로 사람들이 지나가는 모습을 봤대요.
이스탄불 사람들은 그런 아저씨를 정말 사랑했나 봐요.

아저씨는 앓고 있던 병 때문에 제가 이스탄불을 방문하기
1년 전에 무지개다리를 건넜다고 해요. 늘 앉아 있던 곳에
더 이상 아저씨가 없자 많은 사람들이 슬퍼했대요.
자신들의 친구가 죽었다고 생각했던 것 같아요.
의자에 편안한 자세로 앉아 있던 톰빌리 아저씨는
시민들의 휴식처이기도 했거든요. 사람들은
바쁜 일상에서 벗어나고 싶을 때 아저씨 옆에 잠깐 앉아
몸과 마음을 쉴 수 있었대요. 아저씨의 나른한 표정이
'다 괜찮아'라고 말해주는 것 같았지요.
사람들은 아저씨를 더 이상 볼 수 없게 된 걸 무척 슬퍼했어요.

2만 명이 넘는 친구들이 아저씨를 다시 의자에 앉을 수 있게
해주었어요. 늘 아저씨가 앉아 있던 그 자리에
아저씨 동상이 놓였죠.
지금도 아저씨의 친구들은 동상 옆에 앉아
아저씨와의 시간을 추억하곤 하는 것 같아요.

정말 대단하지 않나요? 누군가와의 시간이 추억으로 남고,
누군가와의 만남이 영원히 기억되다니 말이에요.
게다가 한두 사람이 아니라 이 도시에 사는 대다수 사람들에게
친구로 인정받은 거잖아요.

품위를 잃지 않고 살아가는 고양이

이스탄불에서 지내는 동안 저는 실컷 늦잠을 자고,
거리 곳곳에 놓인 밥을 입맛에 따라 골라 먹고
동네 한 바퀴를 돌며
사람들과 눈인사, 손인사를 나누곤 했어요.
특별히 좋아하는 사람들과는 애교를 부리며 놀기도 하고요.
그렇게 이곳저곳 바쁘게 다니다 졸음이 쏟아지면
푹신한 베개와 담요가 놓여 있는 테라스에 올라가 쉬었죠.
모두 우리를 위해 만들어둔 공간이라 쫓아내는 사람은
없었어요. 편안하게 누워 바람과 햇볕을 즐기기만 하면 됐어요.

이렇게 들으면 마치 주인이 있는 집고양이의 하루 일과 같죠?
이스탄불 길고양이들의 하루는
이렇게 느긋하고, 자유롭고, 당당했답니다.

물론 저한테는 정말 어색한 일들이었죠.

언제든 배고프면 먹을 수 있는 밥과 깨끗한 물이 있다니.

사람들이 이렇게 반가운 얼굴로 인사해주고,

자신들의 시간을 기꺼이 우리에게 내어주다니.

그때까지 여행했던 나라의 도시들과는 또 달랐어요.

도시 전체가 마치 우리를 위한 커다란 집 같은

느낌이었으니까요.

정말 커다란 집에서 모두가 함께 사는 일이 가능하구나 싶어

심장이 마구 두근거렸어요.

이스탄불에선 아무도 뛰어다니지 않았어요.

가끔 우리끼리 싸우기도 하고, 이리저리 몰려다니는

모습을 볼 수는 있었지만

무서워서, 위험을 피하려고 뛰어다니는

친구들은 없었어요. 다들 태어날 때부터

간직하고 있던 품위를 잃지 않은 채

살아가고 있었죠.

덕분에 저도 그곳에서는

왕자님이 된 것 같은 느낌이 들었어요.

우리를 위해 마련된 큰 궁전에서 살고 있으니

왕자가 아닌 것도 아니었죠.

8화

터키 이스탄불
두 번째 이야기

생명의 우선순위는
누가 판단하죠?

ISTANBUL

저는 이스탄불을 떠나고 싶지 않았어요.
그곳에서 고양이와 사람이 더불어 살아가는
이야기를 더 많이 듣고 싶었죠.
그래서 다른 도시들과는 달리 이스탄불엔
오랜 시간 머물렀어요.
그곳은 살아볼수록 더 살고 싶어지는 그런 도시였어요.

그래서일까요? 세계적으로 유명한 고양이들은
대부분 이스탄불에 있는 것 같았어요.
영화 주인공이었던 케디와 함께 이스탄불 곳곳을 다닐 때마다
새로운 친구들이 생겼죠.
그 친구들은 하나같이 정말 대단했어요.

그중 소피아 박물관에 사는 글리라는 친구는
미국 대통령과 만난 적도 있는데,
그때 찍힌 글리의 사진은 지금도 여전히 유명해요.
케디도 그렇고, 케디와 함께 영화 촬영을 했던 여섯 마리의
고양이들도 인기가 대단했죠.

그 외에도 정말 많은 고양이들이 세계 각지에 팬을 두고
있었어요. 매일 출근길마다 우리 사진을 찍는 사람도 있었고요.
케디는 저에게 이런 이야기를 들려줬어요.

"이스탄불에서는 우리를 특별한 존재로 인정해줘.
예로부터 전해오는 이야기에도 우리가 자주 등장하지.
특히 고양이가 무함마드를 독사의 공격에서 구해줬다거나
고양이의 잠을 깨우지 않기 위해
무함마드가 옷자락을 잘랐다는 이야기는
들을 때마다 기분이 좋아져.

우리와 관련된 이야기들은 그것 말고도 굉장히 많아.
터키에는 고양이를 죽이면 신에게 용서받기 위해
사원을 지어야 한다는 속담이 있을 정도지.
이렇게 우리를 아껴준 덕분에 쥐들이 옮기는 흑사병이
창궐했을 때도 이스탄불에선 사망자가 적었어.
우리가 사람들을 지키기 위해
엄청 열심히 쥐들을 쫓아냈거든."

고양이를 존중하는 이슬람의 전통

이스탄불에서 고양이와 관련된 놀라운 이야기들은
끝이 없었어요.
그곳 사람들은 우리와 함께 살아가는 것에 대해
작은 망설임도 없는 것 같았죠.
처음부터 우리는 그들의 친구, 이웃, 가족으로 인정받았어요.
이스탄불에는 12만 마리가 넘는 길고양이들이
살고 있는데, 마치 그 12만 마리가 모두
한집에서 살고 있는 듯했어요.

이스탄불 사람들은 고양이 한 마리의 죽음도
가벼이 여기지 않고 함께 슬퍼해줬어요.
2010년에 고양이 한 마리가 살해당했을 때
시민들이 거리로 나와 강력한 동물보호법을 요구하기도 했죠.
떠돌이 동물을 없애고 깨끗한 도시를 만들겠다는 정부의
발표 후에 3만 명에 가까운 사람들이 대규모 시위를 하며
반대 의견을 표명하기도 했구요.
결국 정부는 계획을 연기했고, 길고양이들은
이제까지 살아온 방식을 유지하며 여전히 잘살고 있어요.

이스탄불에선 교차로를 돌아다니거나 카페에 늘어지게
누워 있거나 빵빵 소리를 내는 무서운 형아들 위에 올라가
잠을 청해도 우리에게 화를 내는 사람들이 없었어요.
추운 날에는 우리에게 사원을 내주기도 했죠. 거리 곳곳에는
우리가 편히 잘 수 있는 침대는 물론 바람을 막아주는
바람막이와 배를 채워줄 살코기도 놓여 있었어요.

서로에 대한 인정, 공존의 시작

저는 이스탄불에 오랫동안 머물며 그곳 사람들이 한 가지
공통점을 가지고 있다는 걸 알게 됐어요.

그 누구도 생명에 차등을 두지 않는다는 점이었죠.
사람의 생명은 소중하고 고양이의 생명은
사람이 판단하는 만큼만 가치를 가진다고 여기지 않았어요.

"이곳 친구들은 생명의 가치를 인간 중심으로 판단하지 않아.
모든 생명은 그 나름의 의미를 지닌다고 여기지.
이곳에선 우리가 인간보다 못한 생명이 아니라 인간과 함께
살아가는 생명체이고, 인간의 삶만큼 우리의 삶도
인정받아야 한다고 생각해.
그 덕에 이스탄불에서는 대부분의 길고양이들이 자신의 삶에
만족하며 살고 있어. 나도 그렇고."

케디는 이스탄불 사람들을 이렇게 표현했어요.
케디의 말대로 공존의 출발점은
결국 서로의 존재를 인정하는 것이었어요.
그 사실을 확인할 때마다 나의 고향, 대한민국 서울에서는
왜 사람과 길고양이가 평화롭게 공존하지 못할까 하는
생각이 머릿속을 떠나지 않았죠.

저는 지금도 이스탄불 사람들의 마음과 생각,
우리에게 보여준 모습을 잊지 못해요.

이스탄불에서 보낸 한 달은 저에게 엄청난 전환점이 됐죠.
더 이상 부정적인 생각은 하고 싶지 않았어요.
우리 고양이들은 분명 더 행복하게 살 수 있으니까요.
이스탄불 사람들과 그곳의 길고양이들이 그 증거죠.
다만 '어떻게'라는 질문이 남았지만 그 답도
곧 찾게 될 거라 믿으며
저는 다음 여행지를 고민하기 시작했어요.

9화

독일 베를린

동물을 대하는 태도가 곧
그 사회의 수준이에요

이스탄불 다음 여행지는 독일 베를린으로 결정했어요.
베를린에 가기로 한 건 한 친구의 이야기 때문이었습니다.
그 친구는 베를린에서 주인을 만나 이스탄불까지
오게 됐다고 했어요.

"이스탄불도 우리에게는 정말 좋은 도시지만
베를린은 뭔가 더 전문적이라고 할까?
우리의 권리를 인정받는 기분이었어.
나도 길에서 태어났지만, 베를린의 '티어하임'을 통해
지금의 주인을 만날 수 있었지.
티어하임은 말 그대로 '동물을 위한 집'이라는 뜻이야."

베를린에서 온 그 친구의 이야기를 처음 들었을 때는
쉽게 이해되지 않았어요. 뭐가 다르다는 거지?
결국 베를린도 이스탄불처럼 동물들이 살기 좋은 곳이라는
이야기가 아닌가? 의문이 꼬리에 꼬리를 물었고,
전해 듣는 이야기만으론 부족하다고 느낀 저는 베를린
티어하임에 직접 가봐야겠다고 결심했습니다.
도시가 동물의 권리를 인정해준다는 친구의 말이 머릿속에서
떠나지 않았거든요.

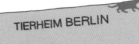

동물 복지의 완성, 티어하임

직접 가본 티어하임은 예상보다 무척 넓었어요.
그동안 들었던 보호소 이야기는 좋지 못한 것들뿐이었는데,
그곳은 보호소가 아니라
마치 잘 만들어진 숲 같은 느낌이었어요.
유럽 최대의 보호시설이라는 말이 과장이 아니었죠.
넓게 펼쳐진 숲을 보니 정말 자연에서나 느낄 법한
자유가 느껴졌어요.
그곳에는 저 같은 길고양이뿐 아니라 토끼, 말, 양을 비롯해
생전 처음 보는 새랑 좀 무섭게 생긴 동물들도 있었어요.
과연 세상 모든 동물이 함께 사는 집 같았죠.

그곳 관리인이 제 몸을 살펴보고 이것저것 검사한 후에
풀숲에 들어가도록 허락했어요.
참 신기하게도 티어하임에선 집에서 살던 고양이와
길에서 살던 고양이가 각기 다른 곳에서 지냈어요.
길고양이 친구에게 그 이유를 물었더니
사람들을 불편해하는 자신들을 위해
풀숲에서 따로 살 수 있게 해준 거라고 하더군요.
굉장히 사소한 것까지 우리의 입장에서 생각해주는 곳이었죠.
저도 낯선 사람들이 매일 보러 오거나 오래 쳐다보고 있으면
조금 당황스러울 것 같았거든요.

길에서 사람들과 친했다고 해도 사람들에게 상처를 받은 경우
또한 많았으니까요.
풀숲에서 사는 길고양이들은
원래 살던 곳으로 돌아가지 못한 고양이들이었어요.
그렇지만 아쉬워하는 친구들은 아무도 없었죠.
티어하임에서는 안전하고 자유롭게 살 수 있기 때문에
답답해하는 고양이를 만날 수 없었어요.

"이곳에 와서 처음 중성화 수술을 받을 때는 화가 많이 났어.
그런데 생각해보니 많은 새끼들을 한번에 키우는 것도 힘들고
어렵겠더라구. 그래서 지금은 오히려 다행이라고 생각해.
수술이 끝나면 원래 있던 곳으로 돌려보내주는데,
내가 있던 곳은 먹고살기에 굉장히 안 좋은 환경이었거든.

그래서 이곳에서 살게 된 거야. 여기서는 누구나 자유롭지.
나는 좁은 공간에 있는 게 가장 끔찍해.
자고 싶을 때 자고, 먹고 싶을 때 먹고, 맘껏 뛸 수 있는
이곳이 나는 참 좋아."

풀숲 무리 중 대장 고양이의 설명을 들으며
이스탄불에서 만났던 친구의 말이 이해가 됐어요.
보호받지만 자유로운 상태.
사람들이 우리를 최대한 존중하는 느낌이었죠.
단순히 불쌍한 동물이라며 동정하는 것과
한 생명으로서 우리를 존중하는 것은 정말 달라요.
그때까지 저는 '좋은 사람'에 대해서만 생각했어요.
우리에게 애정을 주는 사람,
우리를 사랑스러운 눈빛으로 쳐다보는 사람,
우리도 생명을 가지고 있기에 보호받아야 한다고
생각하는 사람, 함께 살아가는 이웃으로 인정하는
사람들이 있는 도시가 행복한 곳, 살기 좋은 곳이었죠.
그때까지 여행했던 곳들 대부분이 그랬어요.

그런데 티어하임은 좀 달랐어요.
사람들이 모여 환경을 새로 만들어줬죠.
새로 만들어진 환경은 우리를 보호하는 역할을 했구요.

우리를 사랑하는 사람이 없어도 생명체로서 우리의 권리는
동일하게 존중받는 구조였어요. 정말 놀랍지 않나요?
예를 들어 티어하임이 서울에 있다면,
우리는 서울에서도 행복할 수 있는 거예요.

동물의 삶에 대한 고민

우리는 사람들보다 약할 수밖에 없어요. 안타깝게도 그건
변하지 않는 사실이에요. 우리가 선택할 수 있는 것들은 거의
없어요. 우리의 의사나 생각을 사람들에게 표현할 수도 없죠.
사람들이 우리가 하는 말을 완전히 이해하지 못하니까요.
그렇기에 우리는 사람들의 보호가 필요해요.
우리가 함께 살아갈 수 있는
환경을 만들어주는 것도 사람이에요.
우리는 그 환경 속에서 충분히 사람들과 공존할 수 있어요.

베를린은 그 모든 것이 완벽하게 갖춰진 도시였어요.
반려동물뿐 아니라 거북이, 뱀, 다람쥐들도
그들만의 삶의 방식을 인정받으며
충분히 안락한 공간에서 살고 있었죠.
땅이 좁아서, 개체 수가 너무 많아서, 돌볼 사람이 없어서
죽임을 당하는 일은 없었어요.

"동물을 살처분해서는 안 된다"는 것이 그곳의 철학이었어요.
얼마나 많은 사람들이 동물의 삶에 대해
고민하고 이해하고 대화하고 결정하면 이런 환경이
만들어질 수 있는 걸까요?

우리에 대해 같은 생각을 하는 사람들이 많아지고,
그들의 생각이 사회적 합의를 얻어 하나의 규칙이 되기까지
그곳에서 어떤 일들이 있었는지 저는 알 수 없었어요.
그렇지만 동물의 권리를 인정하는 곳이니 사람들 역시
몸이 아프다고, 돈이 없다고, 다른 사람들과 조금 다르다고
소외당하진 않겠구나 싶었죠.
가장 약한 생명인 우리조차 배려하는 사회라면
사람들의 권리는 충분히 보호받을 수 있을 테니까요.

온전해지기 위한 노력의 가치

세상에 완벽한 것은 없어요.
저도 많은 도시들을 여행했지만 완벽한 곳은 없었어요.
어느 곳에나 문제는 있었고, 조금씩 부족했고,
아프고 힘든 순간들도 당연히 존재했죠.
중요한 것은 완벽함이 아니라 온전해지기 위해, 함께 살기 위해
노력한다는 사실이었어요.
그리고 조금씩 더 나아진다는 것이었죠.

이스탄불에서는 같은 공간에서 조금씩 나누며 함께 사는 것이
행복이라는 걸 배웠어요.
산토리니에서는 조건 없는 애정의 힘을 느낄 수 있었죠.
뉴욕에서는 서로의 필요를 충족시켜주는 삶을 경험했죠.
그리고 베를린에서는 또 다른 방식의 공존을 깨달았어요.
티어하임이 그 답이었죠.

여행을 하면서 자꾸 바람이 늘어나고 생각도 많아졌어요.
내 고향 서울도 생명은 그 자체로 가치 있다는 것을
모두가 인정하는 도시가 되길 바랐죠.
생명은 우선순위를 따질 수 있는 게 아니라고 믿는 사람들이
더 많아졌으면 좋겠어요. 그럼 서울도 좀 더 살기 좋아지겠죠?
저는 사람들이 좋아요. 그만큼 길고양이들도 좋구요.

제 친구들이고 가족이니까요.

그래서 모두 다 함께 행복할 수 있으면 좋겠어요.

배가 고파서 죽고, 맞아서 죽고, 아파서 죽지 않고

태어날 때 주어진 생명의 길이만큼 온전히 살다

죽을 수 있으면 좋겠어요.

우리는 물건이 아니라 생명이니 적어도 물건처럼

아무 때나, 아무렇게나 버려지고 잊히지 않았으면 좋겠어요.

10화

그리스 아테네

친구가 되는 데
종의 차이는
중요하지 않아요

독일에서의 시간은 생각보다 금방 지나갔어요.
생활에 익숙해지면서 친구도 많이 사귀었죠.
워낙 넓은 지역에서 자유롭게 생활했기 때문에 굳이
자유를 찾아 보호소를 나갈 이유도 없었어요.
정말 많은 친구들이 티어하임에서 자기 삶을 즐기고 있었어요.

하지만 저에게는 아직 보지 못한 곳들이 많고,
만나고 싶은 전 세계 길고양이 친구들이 있었기 때문에
다시 떠나야 했죠. 어디로 떠날지 생각하고 있는데
처음 보는 길고양이 한 마리가 저에게 다가왔어요.
친구들에게 제 이야기를 들었다면서
자기가 가장 사랑하는 친구를 소개하고 싶다고 했죠.
제가 꼭 만나봤으면 좋겠다면서요.

"나는 길에서 태어났고, 길에서 자랐기 때문에
사실 이름이 없었어. 그런데 그리스에서 나를 살려주고,
나에게 츄이라는 이름도 지어주고, 새로운 세상을 알려준
소중한 친구도 만나게 해줬지. 너에게도 꼭 소개해주고 싶어.
그는 길고양이들의 진정한 친구거든."

사실 저는 얼마 전에 산토리니를 다녀왔기 때문에
그리스로 다시 돌아가는 것을 살짝 망설이고 있었어요.
츄이의 이야기를 듣는 순간
곧바로 그리스로 떠나기로 결정했죠.
길고양이들의 진정한 친구를 꼭 만나보고 싶었거든요.

안녕.
나는 츄이라고 해.
그리스에서 나를 살려주고
나에게 새로운 세상을
알려준 너무 소중한
친구를 만났지.

꽁꽁 언 마음을 녹여준 따뜻한 만남

다시 찾은 그리스에는 츄이의 친구이자 수많은 길고양이들의
친구인 멜리가 살고 있었어요.
멜리의 사연도 행복하지만은 않았죠. 놀랍게도
멜리는 길에서 살아가는 유기견이었거든요.
그런 멜리에게 새로운 인생이 시작된 것은 지금의 가족을
만나면서부터였죠.

2013년, 아테네에 사는 젊은 부부에게 입양된 멜리는
가족의 사랑을 듬뿍 받으며 사는 기쁨을 알게 됐어요.
멜리는 직접 경험해봤기 때문에 길에서 살아가는 일이 얼마나
힘든지 잘 알고 있었죠. 길에서 사는 친구들에게
따뜻한 위로의 한마디가 얼마나 큰 힘이 되는지도요.

멜리는 다른 길고양이들도 자기처럼 행복해지기를 바랐어요.
산책 중에 만나는 길고양이들을 친근하게 대했어요.
그렇게 먼저 다가가자 산책길에 만나는 길고양이들도 차츰
멜리에게 마음을 열기 시작했죠.
츄이는 멜리와의 첫 만남을 이렇게 기억했어요.

"어느 날 덩치 큰 친구가 다가와 내게 다정한 목소리로
힘드냐고 물었어. 그러고는 분명 다 괜찮아질 거라고,
좋은 시간이 곧 찾아올 거라고 말해줬지.
그 말을 듣는 순간 그 친구의 거짓 없는 마음을
느낄 수 있었어."

멜리의 따뜻한 진심은 길고양이들의 얼었던 마음까지
사르르 녹여주었던 거예요.

길고양이 서른 마리에게 밥을 주는 개

제가 직접 만난 멜리는 츄이의 말 그대로였어요.
덩치는 저보다 몇 배나 컸지만 목소리는 정말 다정했죠.
그리고 아주 부드러운 눈빛을 보여줬어요.
그 어떤 걱정이나 두려움도 다 사라질 만큼 편안한 모습으로
멜리는 제게 다가왔어요. 처음 만난 그 순간
저는 멜리와 친구가 되었음을 느낄 수 있었답니다.

"츄이에게 당신 이야기를 들었어요. 모든 길고양이의
진정한 친구라고요. 그래서 꼭 만나고 싶었어요.
전 세계를 여행하며 길고양이들이 행복하게 살 수 있는
방법을 찾고 있거든요."
"아, 귀염둥이 츄이를 만났구나. 세계 여행 중이라고?
정말 대단한데."
"저보다 멜리가 더 대단하죠. 어떻게 개가 길고양이의
친구가 될 수 있었던 거죠?"

"특별한 이유나 방법 같은 게 있었던 건 아니야.
나도 오랫동안 길에서 생활했기 때문에 길고양이들의 마음을
조금 더 잘 이해할 수 있었을 뿐이지.
더불어 나를 가족으로 받아들여준 우리 엄마와 아빠가
정말 좋은 사람들이기 때문에 길고양이들과 이렇게
친구로 지낼 수 있는 거야.
엄마와 아빠는 항상 길고양이들에게 인사하는
나를 기다려줬고, 밥을 나눠줬고,
따뜻한 손길을 내밀어줬어.
길고양이들도 점점 마음을 열고 우리와 진정한 친구가
될 수 있었지."

대화를 하면 할수록 놀라웠어요.
멜리도, 멜리의 주인 부부도 정말 대단하다는 생각이 들었죠.
멜리의 주인 부부가 서른 마리의 길고양이들에게 매일
밥을 나눠주는 것도, 고양이 수가 늘어나는 것을 예방하기 위해
자비로 중성화 수술을 시켜주는 것도 모두
가족인 멜리의 친구들을 향한 애정으로 보였어요.
더불어 멜리와 주인 부부는 길고양이들이 보다 건강하고
행복하게 살 수 있도록 새로운 가족을 찾아주는 일도
게을리하지 않고 있었어요.

서울에서는 가족과 함께 사는 강아지들 대부분이 우리를
무서워하거나 미워했죠.
강아지의 가족들은 우리가 강아지 근처에 다가가기라도
할까 봐 늘 경계했고요.
우리는 항상 '가까이하면 안 되는 존재'였어요.
그런데 멜리와 그의 가족들은 달랐어요.
우리를 함께 살아가는 친구라고 생각하고 따뜻하게 대해줬죠.
멜리를 유독 따라다녔던 그렉이 멜리의 진짜 가족이 될 수
있었던 것도 그런 마음이 있었기에 가능한 일이었을 거예요.

지구에서 함께 산다는 것

멜리와 그의 가족들을 만나고 나서 함께 살아간다는 것에
대해 다시 생각하게 됐어요.
세계 여행을 통해 함께 사는 다양한 방식에 대해 알게 됐지만,
여전히 불가능할 거라고 생각했던 일들이 있었죠.
고양이와 개가 친구가 되는 것도 그중 하나였어요.
아주 오래전부터 그렇게 전해 들어왔고,
또 제가 살았던 사회에서는 그런 모습들만 봐왔으니까요.

우리는 함께 살고 있잖아!

이곳, 지구에서.

그런데 멜리는 다른 이야기를 들려주었어요.

"새벽아, 우리는 같은 곳에서 함께 살아가는 생명체야.
각자 다른 모습으로 자신에게 주어진 삶을 살고 있지.
좀 더 행복하고 건강하게 살고 싶은 마음은 모두 같아.
그렇기에 우리는 모두 친구이기도 해.
나는 내가 겪었던 아픔을 똑같이 겪는 길고양이들이 너무
안타까웠을 뿐이야.
내 힘으로 많은 것을 돕지는 못하겠지만,
그저 다정한 인사 한 번으로도 길고양이들에게
큰 힘을 줄 수 있다고 생각해.

내가 길거리를 떠돌아다닐 때 별것 아닌 손길,
그저 잠깐 바라봐주는 다정한 눈빛이 정말 고마웠거든.
그 고마움을 잊지 않고 다시 다른 동물들에게 전한 것뿐이야.
그러다보니 어느새 우리는 모두 친구가 됐지.
다정하게 인사를 건넬 수 있는 사이, 외면하거나 거부하지 않고
있는 그대로의 모습을 따뜻하게 바라봐줄 수 있는 사이라면
모두 친구인 거야.
그것만 잊지 않으면 우리는 모두 친구가 될 수 있어."

멜리의 말은 오래도록 제 머릿속에 남아 있었어요.

친구에 대한 말도 잊혀지지 않고 오래도록 남아 있었죠.

저도 누군가에게 그런 친구가 되고 싶었어요.

그저 다정한 인사와 따뜻한 눈빛만으로도 충분하다니,

우리에게도 더 많은 친구들이 생겼으면 좋겠어요.

좋은 친구의 존재는 삶을 더욱 의미 있게 해주니까요.

좋은 친구가 좋은 가족이 될 수도 있고요.

그러려면 제가 먼저 좋은 친구가 되어야겠죠?

11화

미국 LA

'올해의 영웅 고양이'
타라를 소개할게요

멜리에게 작별 인사를 건네고 저는 그리스를 떠났어요.
짧은 만남이었지만 우리는 서로 즐거웠죠.
그리스 아테네에서 길고양이들의 진정한 친구를 만났다는
사실만으로도 마음이 따뜻해지는 시간이었어요.
그리스를 떠나기 전에 멜리가 제게 이런 질문을 했어요.

"내가 길고양이들의 친구라면,
인간의 영웅인 고양이도 있는데 혹시 알고 있니?"

멜리의 이야기를 듣고 호기심이 생기기 시작했어요.
'인간의 영웅인 고양이?' 솔직히 말해 믿기지 않았죠.
고양이가 어떻게 인간의 영웅이 되겠어요.
특별한 몇몇 개들이 영웅견으로 뽑혔다는 소식은 들어봤지만,
고양이가 인간의 영웅이 됐다는 이야기는 한 번도
들어본 적이 없었거든요.
저는 멜리에게 놀리지 말라고 했어요.
마지막이라 짓궂은 장난을 치는 거라고 생각했죠.
그런데 멜리의 표정은 사뭇 진지했어요.

"미국 LA에 가서 타라를 찾아봐.
그녀는 사람들의 영웅이 된 전설의 길고양이라고.
타라를 만나면 자신을 사랑해준 이들을 어떻게 지켜야 하는지,
우리가 가져야 하는 마음이 무엇인지 알게 될 거야.
타라는 자신에게 손을 내밀어준 인간의 손길에
자신만의 방법으로 최선의 보답을 했어.
길고양이의 진짜 애정을 보여준 셈이지."

멜리의 말을 들으면서 그녀가 더욱 궁금해졌어요.
길고양이의 묘생역전이라고
많이들 부러워하고 있는 것 같았죠.

그런데 저는 알고 있었거든요.

묘생이 달라지는 것은 우연만으로는 불가능하다는 사실을요.

자신의 노력 외에도 누군가의 애정이 반드시 필요하죠.

누군가의 애정 어린 손길이 있어야

길고양이들의 진짜 행복이 시작될 수 있거든요.

세계의 많은 길고양이들이 알고 있는 사실이죠.

LA에서 만난 묘생역전의 주인공, 타라

LA로 가는 길은 정말 멀었어요. 어렵게 도착한
그곳의 첫인상은 완벽했죠. 따뜻한 날씨, 포근한 햇살,
시원하게 펼쳐진 바다까지. 참 아름다운 도시였어요.

그곳에서는 더 이상 동물을 상업적으로 판매하지 못한다는
기쁜 소식도 들었죠. 사육업자를 통해 구입한 동물의 판매를
법으로 엄격히 금지하고 있었어요.
우리가 돈을 벌기 위한 수단이 아니라는 것을 사람들이 조금씩
알아가는 것 같아 괜히 기분이 좋아졌죠.

타라를 찾기만 하면 이보다 더 완벽할 수 없을 것 같았어요.
타라가 어찌나 유명하던지, 지나가는 고양이들에게 물어보니
다들 그녀의 집을 알려줬어요. LA에는 그녀보다 유명한
고양이가 없는 듯했죠. 어렵지 않게 그녀의 집을 찾아갔고,
마침내 한 남자 아이 옆에 붙어 있는 그녀를 만날 수 있었어요.
타라는 네 살 제레미, 엄마 에리카, 아빠 로저와 함께
살고 있었답니다.

"타라, 반가워. 나는 새벽이야. 그리스에 사는 멜리가
너를 꼭 만나보라고 추천해줬어.
너를 만나면 묘생역전 이야기를 들을 수 있을 거라고 했거든."
"멜리와는 정말 오래전에 잠깐 만났을 뿐인데,
여전히 내 소식에 관심을 가지고 있다니. 감동했어.
그런데 내 이야기는 특별할 것이 없어.
나는 이 집에 살며 집을 지키고 있을 뿐이야."

타라와 본격적인 이야기를 시작하려는 순간
남자 아이가 타라를 향해 뛰어왔어요.
그러고는 타라에게 뽀뽀를 퍼부었죠.
타라는 귀찮은 듯한 표정이었지만 무척 행복해 보였어요.
제레미에 이어 에리카가 맛있는 냄새로 가득한 밥그릇을 들고
다가왔죠. 타라의 점심시간인 것 같았어요.
밥그릇에는 제가 정말 좋아하는 연어가 가득했어요.
타라의 묘생역전 소문은 진짜였어요.
연어를 밥으로 배불리 먹을 수 있는 고양이라니!

네 살 꼬마를 살린 고양이의 애정

"나도 길에서 태어났어. 그래서 한동안은 여기저기
안전한 곳을 찾아 떠돌며 살았지.
늘 불안했고, 걱정이 많았어.
그러다가 어느 날, 길에서 로저와 에리카를 만났고 두 사람을
무작정 따라갔지. 사실 그때 배가 너무 고팠거든.
두 사람의 눈빛이 정말 따뜻했어.
적어도 나를 아프게 하지는 않을 것 같았다고 할까.
밥은 얻어먹을 수 있을 것 같았지. 그게 우리 인연의 시작이야.
그들을 따라간 건 내가 한 모든 일 중에 가장 잘한 일이었어.

그때부터 나는 이 집의 가족이 됐고
제이크가 태어나고 자라는 것을 옆에서 지켜봤지.
얼마나 행복했는지 몰라. 아이가 조금씩 커가는 모습은
말로 다 설명할 수 없는 기쁨을 주거든.
가끔 내가 제이크의 보모 같다고 느낄 때도 있어.
하나부터 열까지 내가 다 보호해줘야 하니까."

제이크의 이야기를 하는 타라의 표정은 정말 엄마 같았어요.
제이크가 아무리 귀찮게 굴어도 타라는 늘 웃었죠.
원래 우리 고양이들은 귀찮은 것을 굉장히 싫어하거든요.
타라도 예전에는 제이크를 가끔 귀찮아하기도 했대요.
운명의 그날 이후 제이크가 얼마나 소중한 아이인지,
온 힘을 다해 지켜줘야 하는 아이인지 새삼 깨달았다고 했죠.
그날 제이크는 집 앞에서 자전거를 타고 있었고, 에리카는

근처에서 꽃에 물을 주고 있었대요. 그런데 옆집에 사는
무서운 개가 갑자기 제이크에게 달려들었죠.
개가 제이크를 공격하는 걸 본 타라는 이것저것 생각할 틈도
없이 개를 향해 달려들었어요. 덩치로는 절대 그 개를
이길 수 없었지만 제이크를 지켜야겠다는 생각뿐이었죠.
마침내 개를 내쫓은 타라는 제이크의 상처부터 살폈어요.

때마침 에리카도 제이크를 발견했어요.
타라 덕분에 제이크는 몇 바늘 꿰매는 상처 외에는 무사했어요.
그 일이 있은 후 타라는
제이크와 에리카, 로저의 영웅이 되었죠.
그때부터 연어를 밥으로 먹고 있기도 하고요.
연어는 타라를 향한 고마움의 표현이었어요.

'올해의 영웅' 상을 받은 최초의 고양이

제이크를 구해준 일이 알려지면서 타라는 고양이 최초로
LA동물학대방지협회에서 주는 '올해의 영웅' 상을 받았어요.
33년이 넘도록 언제나 사람을 구한 개들만 받았던 상을
처음으로 고양이가 받게 된 거죠.
인간의 영웅이 된 최초의 고양이라니. 정말 멋졌어요.
저도 영웅 고양이가 되고 싶다는 마음이 마구 생겼죠.

진정한 묘생역전이니까요.

타라는 어떻게 그런 용기를 낼 수 있었을까요?

덩치가 타라보다 훨씬 큰 개였고,

무서운 이빨을 가지고 있었는데 말이죠.

타라는 한순간도 멈칫거리지 않았다고 했어요.

타라의 마음이 정말 궁금했어요.

어떻게 제이크를 구해야겠다는 생각을 했는지,

그런 용기는 어디서 나왔는지 물어봤죠.

그런데 타라는 의외의 대답을 들려줬어요.

"나는 아무 생각하지 않았어. 그저 몸이 먼저 반응한 거야.
로저와 에리카는 나에게 새로운 삶을 선물해줬어.
길에서 떠돌던 나에게 애정을 주었고, 배가 고프지 않은 일상을
주었고, 늘 편안하게 머물 수 있는 안전한 공간을 주었지.
제이크가 태어난 후에도 그들은 우리가 처음 만났던 때처럼
나를 가족으로 똑같이 대해주었어.
그런 그들에게 가장 소중한 사람이 바로 제이크야.
그들이 얼마나 제이크를 사랑하고 있는지 느낄 수 있었지.
그렇기에 나에게도 제이크는 가장 소중한 친구이자
동생이라고 생각해. 사랑하는 가족이지.

동생이 위험한 순간 머리로 생각하고, 내가 다칠 일부터
걱정하는 누나는 없어. 그저 본능적으로
가족을 구해야 한다는 생각이 들 뿐이지. 나도 그랬어.
본능이 시키는 대로 한 것뿐이야.
나는 내가 사랑하는 사람들을 지키고 싶었거든.
정말 다행이라고 생각해. 제이크가 무사한 덕분에
우리는 여전히 서로를 사랑하며 행복하게 지낼 수 있거든.
매일 함께 눈을 뜨고, 즐거운 일상을 보낼 수 있다는
사실만으로도 행복해."

12화

프랑스 라로셸

고양이에게도
요양원이 필요해요

타라까지 만나고 나니 길고양이의 삶에 대해 점점 더 많은
생각을 하게 됐어요. 사실 처음 세계 여행을 떠날 때는
호기심이 가장 큰 이유였죠. 궁금했어요.
우리는 왜 이렇게 살 수밖에 없는지,
사람들과 행복한 공존을 할 수 없는지 말이에요.
여행을 떠나 다양한 길고양이들을 만나면서 인간과의 공존은
충분히 가능하다는 사실을 알게 됐어요.
세계 곳곳의 길고양이들은 자신들만의 방식으로
행복한 삶을 위해 노력하고 있었죠.

다만 확실한 것은 그런 행복한 삶이 길고양이들만의 노력으로
이뤄지진 않는다는 사실이었어요. 사람들도 노력해야 했어요.
행복한 길고양이의 뒤에는 우리가 함께 살아가는 친구이고,
가족이고, 생명이라는 확신을 가진 사람들이 있었죠.
그들은 함께 살 수 있는 방식들을 고민해주었어요.

이제까지 살아왔던 전통적 방식을 따르기도 하고, 우리만의
생활방식을 존중해주기도 하고, 철저하게 보호해주기도 했죠.

무엇이 정답인지는 몰라요. 다만 함께 살아가기 위한
노력을 계속해나가고 있다는 것이 중요하죠.

정해진 운명

서울의 우리보다 더 괴로운 날들을 보내는 길고양이들도
있었어요. 호주의 길고양이들이 그랬죠. 들려오는 이야기로는,
지금 호주 길고양이들은 제가 호주에 갔을 때보다
더 상황이 좋지 않다고 해요.
수백만 마리의 길고양이들이 여전히 언제 죽을지 모르는
하루하루를 이어나가고 있어요.
우리의 숫자가 빠르게 늘어나는 것이
정말 우리만의 문제인 걸까요?
우리는 오랜 시간을 그렇게 살아왔는데, 이제 와서 우리가
왜 문제가 되는 걸까요? 솔직히 잘 모르겠어요.
다른 동물들처럼 우리도 본능에 따라 살아가는 것뿐인데,
왜 우리는 귀찮고 성가신 존재로 취급받는 걸까요?
생각이 꼬리에 꼬리를 물고 이어졌어요.

터덜터덜 걷는 내내 그런 생각들뿐이었어요. 고양이마다
정해진 운명이 따로 있을지도 모른다는 생각까지 들었어요.

누군가는 영웅이 되고, 누군가는 사람의 가족이 되니까요.
사실 서울에서도 그랬어요. 운 좋은 친구는 길에서 살다가
어느 날 따뜻한 손길을 만나 사람의 가족이 되곤 했죠.
그렇게 갔다가 얼마 후 다시 거리로 돌아오곤 했지만요.
정말 길고양이의 운명은 이미 정해져 있는 것인지도 몰라요.
만약 그렇다면 제 운명은
세계의 모든 거리를 걸어보는 것일까요.

고마운 누나의 나라, 프랑스

생각이 어느 정도 마무리될 때쯤 다음 목적지에 도착했어요.
그곳은 꼭 가보고 싶었던 나라였죠.
전 국민의 절반이 동물과 가족인 나라, 동물을 위해 애쓰는
사람과 단체가 우리나라와는 비교도 안 되게 많은 곳,
바로 프랑스였답니다.
특히 제 마음을 사로잡은 곳은 라로셸이라는 도시였어요.
그건 다 서울에서부터 이어진 인연 때문이기도 했죠.
서울에서 제게 밥을 주던 누나가 바로 이곳에서 왔거든요.

"새벽아, 내가 살던 곳은 프랑스의 아름다운 항구 도시
라로셸이란다. 나는 거기서 태어나 자랐고 간호사로 일했단다.

뒤늦게 한국이라는 나라가 너무 좋아져서 이렇게
서울까지 오게 되었고, 너를 만난 거야.
우리 집에도 사랑스러운 고양이가 살고 있단다.
한국에 와서 너무 좋지만, 가끔 가족들이 보고 싶을 때도 있어.
그때마다 너를 보면 마음이 조금씩 누그러지곤 하지.
넌 우리 집 고양이와 참 많이 닮았거든.
우리 고양이도 길에서 살다가 운명처럼 우리에게 왔지."

누나는 늘 저를 사랑스럽게 바라봐주었어요.
저는 누나가 살던 곳에 꼭 한 번 가보고 싶어졌죠.

동물들의 마지막을 지켜주는 동물 요양원

라로셸은 정말 아름다운 항구 도시였어요.
옛 항구의 양쪽으로 높은 탑 두 개가 우뚝 솟아 있고,
금방이라도 하늘에 닿을 것처럼 높은 탑도 있었어요.
수십 척이 넘는 요트들이 항구를 따라 쭉 늘어서 있고요.
날씨는 포근했어요.
누나의 미소가 이곳의 날씨와 닮았다는 생각이 들었죠.

여유롭게 길을 걷고 있는데 늙은 고양이가 다가왔어요.
아주 천천히 걸어서 제 앞으로 왔죠.
나이 많은 할머니 고양이가 혼자 길을 걷고 있는 게 걱정되어
저도 모르게 혼자 사는 건지, 설마 길에서 살고 있는 건지
물어보게 되었어요.

이곳에는 우리처럼 나이가 많은 고양이들을 위해 동물양로원이 있단다.

자신의 이름이 까사라고 밝힌
할머니 고양이는 무척 다정한 목소리로
명확하게 이야기를 시작했죠.

"꼬마야! 어디서 왔는지 모르겠지만, 너는 아직
이곳을 잘 모르는 모양이구나. 이곳은 나처럼 나이 많은
고양이들을 배려하는 도시란다.
나처럼 늙어서 새로운 가족을 찾기 어려운 고양이,
주인이 먼저 무지개다리를 건너는 바람에
혼자가 된 고양이들을 위한 요양원이 있거든.
그곳에서 우리는 서로가 서로에게
또 다른 가족이 되어주며 살아가고 있지. 요양원뿐만 아니라
길고양이들을 위한 피난처와 무료 진료소도 있단다.

건강한 아이들에겐 새로운 가족을 찾아주곤 하지.
그렇게 가족을 만나 피난처를 떠난 아이들 중에 아직까지
다시 돌아온 아이들은 없었어.
정말 좋은 사람들만 찾아서 가족으로 만들어주는 것 같아.
고마운 사람들이지.”

까사 할머니의 이야기는 계속 이어졌어요.
오랜만에 새로운 이야기 상대를 만나 신이 난 것 같았어요.
제가 세계 여행을 떠날 수 있게 많은 이야기를 들려줬던
서울의 할머니를 다시 만난 것 같아 저도 무척 좋았어요.

저는 까사 할머니를 따라
동물 요양원에 갔어요.
프랑스의 다른 고양이들도 만나서
이야기를 나눠보고 싶기도 했구요.

그곳의 고양이들이 어떤 일상을 보내고 있는지 궁금했거든요.
저보다 더 오래 산 고양이들이 들려줄 이야기도 궁금했어요.
제가 가진 여러 고민의 답을 알고 있을 것 같았죠.

역시나 저의 기대를 저버리지 않았어요.
까사 할머니와 친구들은
정말 많은 이야기를 들려주었어요.
마지막으로 저의 여행을 응원하며 들려준 말은 아마도
평생 잊지 못할 것 같아요.

각기 다른 행복의 형태

"새벽아, 너를 만나 나는 정말 행복하단다.
길고양이들의 행복을 고민하고, 그 행복에 대한 답을 찾기 위해
세계 여행이라는 용기 있는 도전을 하는 네가 참 대견해.
나는 오래 살았지만 그런 용기를 내보지는 못했거든.
그렇지만 새벽아, 길고양이들의 행복만큼
너의 행복도 중요하단다.
시간은 네가 생각하는 것보다 더 금방 흘러가거든.
길고양이들의 행복을 찾는 동안
너의 시간도 흐르고 있다는 사실을 잊으면 안 돼.
행복은 멀리 있지 않단다. 정답이 있는 것도 아니지.

각자가 할 수 있는 일들을 하나씩만 찾아내도
우리는 행복에 가까워지지 않을까?
행복의 방법을 혼자서 찾으려 하지 마.
그럼 아주 긴 시간이 흘러도 답을 찾을 수 없을지 몰라.
각자가 생각하는 행복의 모양과 크기는 서로 다르니까.
그래서 각자 하나씩 찾아야 해.
이 이야기를 듣고 네가 조금은 안심할 수 있었으면 좋겠구나."

살아 있는 한 곤란하게 돼 있어.

살아 있는 한 무조건 곤란해.

곤란하지 않게 사는 방법 따윈 결코 없어.

그리고 곤란한 일은 결국 끝나게 돼 있어.

13화

네덜란드 스키담

집고양이도 언제든
길고양이가 될 수 있어요

까사 할머니와 헤어지기 싫은 만큼 여행을 계속하고 싶다는
마음도 컸어요. 할머니가 이야기해준 것처럼
행복을 위해 내가 할 수 있는 일 한 가지를 찾아
끝까지 해야겠다는 마음도 있었죠.
이왕 시작한 여행을 멈추지 않고 좀 더 하기로 결심했어요.

유럽에는 동물들에 대해 관대하고, 잘 정리된 시스템을 가진
나라들이 많다는 것도 여행을 계속하고 싶은 이유였죠.
유럽 여행을 위해 까사 할머니를 돌봐주는 의사 선생님의
도움을 받아 여권을 만들기로 했어요.
유럽연합에서 발행해주는 이 여권은 2004년부터 반려동물을

살금 살금

동반한 여행을 수월하게 하기 위해 시작된 제도라고 해요.
유럽연합 각국의 수의사가 발행해주는 거죠.
국경을 지날 때 검역을 받지 않아도 된다는 표시이기도 해요.

사실 저는 몰래 다니기 때문에 여권이 꼭 필요하진 않지만,
혹시 모를 일에 대비하기 위해 만들고 싶었죠.
저는 대한민국이라는 어엿한 국적을 가지고 있으니까요.
그런데 현실은 그렇게 간단하지 않더라고요.
저는 몸속에 주인이 등록해준 칩이 없고,
예방접종을 받았다는 증거도 없어서 여권 발행이 불가능했죠.
아쉽지만 늘 그래왔듯 몰래 다니면 되니까
실망하지 않기로 했어요.

동물당이 있는 나라, 네덜란드

다음 여행의 목적지는 네덜란드로 정했어요.
그 나라에는 신기하게도 동물당이 있었죠. 사실 유럽연합은
지난 2009년에 동물을 '지각력 있는 존재'로 인정했다고 해요.
독일은 세계 최초로 헌법에 동물 보호를 국가 책무로
규정하기도 했죠. 정말 대단하지 않나요?

우리 동물들이 보호받아야 하는 생명이고,
국가를 통해 보호받을 수 있다는 것을 인정해주는 거잖아요.
네덜란드에는 이런 동물들의 권리를 지켜주기 위해 노력하는
동물당이 있어요. 영국의 동물복지당도 빼놓을 수 없죠.

유럽이 동물 복지를 당연하게 생각한다는 말은 진짜였어요.
이는 독일의 티어하임에 갔을 때도 느꼈던 점이에요.
다들 동물의 권리를 당연하게 받아들인다는 느낌이었어요.
물론 유럽에도 고통받는 동물이 있을 거고, 힘들게 하루하루를
견디는 동물도 있을 거예요. 세상의 모든 동물이 똑같은 행복을
느끼는 건 불가능하죠. 이는 우리보다 똑똑하고, 힘세고,
능력 있는 사람들도 마찬가지에요.

그렇지만 유럽은 동물도
인간과 마찬가지로 복지를 누릴 수 있고,
생명으로서의 권리를 가진다는 것을 인정해줘요.
이건 큰 차이죠.
그것이 행복의 출발점이 될 수 있다고 생각해요.
현실에서 우리는 언제든 돈 주고 살 수 있는 살아 있는 장난감,
인간의 소유물이고 재산이기에 어떤 행동이든 할 수 있는
대상이 되고 있으니까요. 만약 우리가 동등한 생명이라는 점을
법적으로 인정받을 수 있다면 우리를 대하는 사람들의 태도도
달라지겠죠. 그게 바로 행복이 시작되는 지점이 될 테구요.

운하가 있는 아늑한 도시, 스키담

스키담은 무공해 지역이라는 인상이 강했어요.
조용하고 아늑하고 깨끗했죠. 마을을 따라 운하의 물줄기가
흐르고 예쁜 집들이 나란히 이어지는 동네였어요.
그리고 그곳에는 애교 많고 낯가림 없는 고양이들이 많았죠.
다들 먼저 다가와서 아무렇지 않게 인사를 건넸어요.

"안녕. 너는 처음 보는 얼굴인데, 누구니?"
"나는 대한민국 길고양이 새벽이야. 세계를 여행하면서
길고양이들을 만나 행복하게 사는 방법에 대해
이야기도 나누고, 이것저것을 경험해보는 중이야."
"정말 재미있겠다. 나는 태어나서 지금까지 이곳을 떠나본 적이
없거든. 물론 우리 엄마 아빠랑 사는 일도 충분히 즐겁긴 해."
"엄마 아빠랑 같이 산다고?
그럼 너는 길에서 사는 길고양이가 아니야?"
"응. 당연히 집이 있지. 스키담에 사는 고양이들은 대부분
집이 있는 집고양이들이야. 가족과 함께 살고 있지.
이렇게 여유로운 낮 시간에 동네 산책도 하고,
친구들도 만나면서 시간을 보내곤 해.
어두워지기 전에 집으로 돌아가고.
절대 엄마 아빠를 걱정하게 만들지 않아.

내가 늦게 들어가면 우리 엄마는 내가 다닐 수 있게 만들어놓은
담벼락 길의 문을 닫아버릴 거야. 생각만 해도 답답하다.
나는 자유로운 나들이를 즐기고 싶어. 아주 오랫동안.
그래서 절대 약속을 어기지 않으려고 노력하지.
엄마랑 아빠가 나를 무척 사랑한다는 사실도 알고 있어.
그분들이 속상해하는 건 싫으니까 약속을 잘 지키는
착한 고양이가 될 거야."

릴리라는 고양이와의 대화를 통해 스키담의 고양이들이
다정하고 친근한 이유를 알 수 있었죠. 처음에는 저와 같은
고양이라기보다 강아지 같다고 느껴질 정도였어요.
릴리는 길 한가운데에서 어리둥절한 표정으로 서 있던 제가
너무 재미있었다고 말했어요. 깔깔 웃는 것도 잊지 않았죠.
그녀의 웃음소리는 그곳의 풍경을 닮아 꾸밈없고 편안했어요.

사람을 믿는 고양이들의 도시

스키담의 길고양이들은 탕헤르의 고양이들과는 또 달랐어요.
두 곳 모두 사람을 신뢰하는 고양이들이 사는 도시이지만,
스키담의 고양이들은 사실
길고양이가 아니라 집고양이들이었죠.

그래서 좀 더 여유가 있었던 것 같아요.
따뜻하고 안전한 곳에서 편하게 잘 수 있는 생활,
예측할 수 없는 최악의 상황이 쉽게 닥치지 않을 거라는 확신은
고양이들에게 좀 더 편안한 얼굴과 느긋한 행동을 선물하죠.

스키담의 고양이들은 소리에 무관심했고,
사람들의 발걸음에 예민하게 반응하지 않았어요.
그저 자신들의 시간을 즐기는 것에 집중했죠.
집으로 돌아가면 충분한 양의 밥을 먹으며
배를 채울 수 있다는 것을 알기에
음식을 얻기 위해 위험한 행동을 하지 않았어요.
물론 아주 당당했고요. 그 당당함이 부러웠죠.
사람들을 믿는다는 건 충분한 안전을 보장받고 있다는 것,
적어도 내가 누군가에게 이유 없이
고통받지 않을 것임을 알고 있다는 거니까요.
안전하게 살아갈 수 있는 장치가 마련되어 있는
것이기도 하고요.
그런 일상을 보낼 수 있고, 매일 그 시간을 원하는 대로
즐길 수 있다는 것은 결코 쉽지 않은 일이기에
저는 스키담의 고양이들이 정말 부러웠어요.

"릴리, 너는 행복해?"

"그럼. 행복하지 않을 이유가 하나도 없잖아.

나는 이곳에서 살아온 지난 4년간

단 한 번도 행복하지 않다고 느꼈던 적이 없어.

물론 지금도 그렇고 앞으로도 그럴 거야.

나는 그 사실을 믿어."

14화

인도 캘커타

사람도 결국
동물에 지나지 않아요

네덜란드에서 만난 친구 릴리와 꼭 다시 보자는
인사를 나누고 헤어졌어요. 그리고 다음 목적지로 향했어요.
네덜란드를 떠나 도착한 곳은 인도의 캘커타였어요.
인도에 간 이유는 여러 가지가 있지만
가장 큰 이유는 여러 동물의 삶에 대해 생각해볼 수 있는
나라라는 점이었어요.

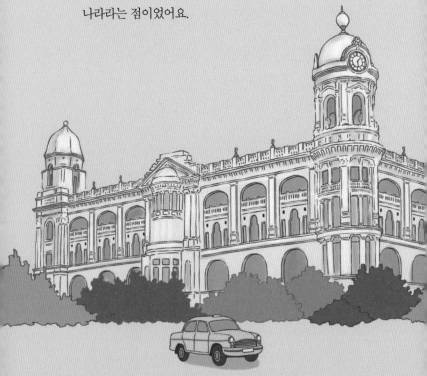

저는 늘 길고양이들의 삶에 대해서만 관심을 갖고 있었죠.
그런데 길 위의 삶이 꼭 길고양이들만의 문제는 아니었어요.
전 세계를 여행하면서 길 위에서 만난 동물은 정말 다양했죠.

특히 인도에는 길 위에서 살아가는 동물들이 무척 많았어요.
동물이 신성시되지만, 동물의 권리는 없는 나라라는
누군가의 설명을 듣고 인도가 더 궁금해졌어요.
어떻게 그럴 수 있을까 싶었죠. 그래서 인도로 향했습니다.
직접 보고 느끼는 것만큼 확실한 것은 없으니까요.

인도 빈민가의 길고양이들

인도는 그때까지 여행한 나라들과 정말 다른 풍경이었어요.
거리에 정말 많은 사람들과 동물들이 함께 있었죠.
지금까지 길에서 전혀 보지 못했던 동물들도 많았어요.
염소도 있고, 소도 있었죠. 하늘에는 매가 날아다니고요.
마치 정글에 온 듯한 기분이었어요. 그 낯선 도시가
살짝 두려워졌어요. 한 번도 느껴본 적 없는 감정에 당황했죠.

일단 익숙한 공간으로 몸을 숨겨야겠다고 생각했어요.
바로 뒷골목이요. 고양이에게 뒷골목은 익숙한 공간이에요.
우리는 늘 사람들의 눈을 피하고, 먹을 것을 찾기 위해
뒷골목을 이리저리 헤매고 다니죠.
어떤 나라에서든 뒷골목의 좁은 길, 좁은 공간으로 몸을 숨기면
약간의 안도감이 들곤 했죠. 인도에서도 마찬가지였어요.

뒷골목의 좋은 점을 하나 더 꼽자면
친구들을 쉽게 만날 수 있다는 점이에요.
사는 나라가 달라도 고양이는 고양이이니까요.
인도 캘커타에서도 뒷골목에 들어서는 순간
여러 고양이 친구를 만날 수 있었죠. 그중에서도 가장
힘이 세게 생긴 대장 고양이가 호기심과 불쾌함이 공존하는
표정으로 제게 다가왔어요.

"너는 누구지? 못 보던 얼굴인데?"
"세계 여행을 하고 있는 새벽이야. 한국에서 왔어."
"한국? 처음 들어보는 나라야. 거긴 어디지?
그리고 왜 세계 여행을 하는 거야?"
"세계 곳곳에 살고 있는 길고양이들을 만나서 더 행복해지는
방법을 찾기 위해 여행 중이야."

그렇게 제 소개를 하는 중에 갑자기 고양이 친구들이
어디론가 뛰기 시작했어요. 저도 덩달아 뛰었죠.

고양이 친구들을 따라간 곳에는 여러 명의 사람들이 있었지만,
친구들은 흰 봉지를 들고 있는 한 남자에게만 시선을 주었죠.
그 시선 끝에는 봉지 속에 든 닭의 내장이 있었고요.
다들 먹을 것을 위해 그렇게 열심히 달린 거였어요.

갑자기 긴장이 풀렸죠. 문득 서울에서의 제 모습이 떠올랐어요.
저도 음식 냄새만 맡으면 미친 듯이 달려갔거든요.
물론 이렇게 사람들 앞으로 바로 달려오지는 못했어요.
근처에 숨어 저를 아프게 할 사람인지,
아니면 제게 맛있는 음식을 줄 사람인지 한참을 지켜봤죠.
때로는 사람이 사라질 때까지 꼬르륵거리는
배를 붙잡고 한참을 기다리기도 했고요.
그랬던 제가 음식을 보고 달려온 고양이 친구들을 보며
'뭐야, 이것 때문에 그렇게 뛰어온 거야'라고
생각하고 있었어요.
그간 뛰지 않아도 맛있는 음식을 먹을 수 있는 곳들만
다녔던 탓인가 봐요.

새삼 인도에서 사는 길고양이들의 삶이 더욱 궁금해졌죠.
어쩐지 서울에서의 제 모습이 그대로 보이는 것만 같아서요.
그러나 주의 깊게 바라보니 다른 점이 꽤 많았어요.
일단 인도 사람들은 동물들에게 참 무관심한 것 같았어요.

지나치게 친절하거나 가깝지 않았어요.
다들 하루에 한 끼만 먹는 빈민가 사람들이지만 먹을 것을
나눠주는 데에 인색하지도 않았죠. 장거리를 걸어가서
길고양이들에게 줄 닭의 내장을 얻어오기도 했고요.
제가 보기에 인도에선 사람들의 삶도 우리 고양이들의 삶과
크게 다르지 않다는 느낌이었어요.
다들 지쳐 있기도 했고, 배가 고파하기도 했거든요.
그럼에도 불구하고 웃으며 먹을 것들을 던져주었죠.
그 마음이 참 고맙다는 생각이 들었어요.

길 위 동물들의 희로애락

인도의 길 위에선 생사고락이 동시에 펼쳐졌어요.
바로 1분 전만 해도 살아 있던 염소가
어느 순간 고기가 되어 팔렸고, 거리에 놓여 있는
밥을 같이 먹던 닭이 눈앞에서 피를 흘리기도 했어요.
도무지 어떤 것이 진짜인지 모를 일이었죠.
뼈가 앙상하게 드러난 소들이 뛰어다니며 음식을 찾고,
이곳저곳에 늘어져 잠을 자는 개들도 많았어요.
그들은 모두 주인을 잃고 거리로 나왔죠.
처음부터 거리에서 생을 시작하기도 했고요.

세계여행을
하고 있는 새벽이야.
한국에서 왔어.

너는 누구지?
못 보던 얼굴인데?

길 위의 삶은 고양이들만의 문제가 아니었어요.

인도에선 소를 신성시하지만 돈이 되지 않는 수소는 버려졌죠.

신성해서 고기를 먹지는 못하지만,

키우는 것 또한 득보다는 실이 많은 일이었으니까요.

그래서 집을 잃은 소들은 비쩍 마른 몸으로 길 위에서

먹을 것을 찾는 신세가 되었죠. 개들도 마찬가지였어요.

수많은 개들이 거리 곳곳을 차지하고 있었거든요.

그래서인지 서로가 서로를 이해하는 마음이 있었어요.

다들 길 위에서 삶을 시작해 길 위에서 마치는 존재들이니까요.

"이곳에선 모든 동물이 길에서 살고 죽기를 반복하는 것 같아.

그게 한편으로는 무서워."

저는 캘커타의 대장 고양이에게 이렇게 말했어요.

"맞아. 우리는 길 위에서 살다가 길 위에서 죽지. 사람들도

마찬가지야. 우리는 결과적으로 함께 살고 있는 거야.

우리가 행복한지는 모르겠어. 늘 배가 고프고, 불안하기도 해.
덩치 큰 들개들이 뛰어다니면 괜히 무서워 몸을 숨기기도 하지.
그렇지만 적어도 사람들이 우리를 함부로 대하지는 않아.
동물에게 마음을 주는 것을 당연하게 여기거든.
어떤 것이 진짜인지 모르겠다는 네 말도 이해되지만,
이 도시의 사람들 마음도 이해할 수 있어.
우리는 그저 각자의 방식으로 살고 있는 거야."

대장 고양이와 대화하면서 또 한 번 행복하게 사는 일에 대해
생각했어요. 맞아요. 정답은 없죠.

캘커타 길고양이들은 자기들만의 방식으로 살고 있었어요.

특별할 것 없는 존재들

인도에 도착한 후 동물로 태어나 살아가는 일이 어떤 의미가
있는지 고민하게 되었어요. 고양이 친구들에게 들으니
인도에 선 사람도 계급이 있다고 하더군요.
예전처럼 아주 심한 건 아니지만 여전히 사람들은 완전히
평등하지는 않은 것 같았어요.
그러다보니 오히려 우리 동물들과 같이 산다는
생각이 드는 것도 사실이었어요.
다들 같은 처지인 거죠.

인도 사람들은 동물을 특별히 예뻐하지도 미워하지도 않고
특별히 아끼지도 괴롭히지도 않았어요.
남은 것이 있으면 나누고 모자라면 서로의 몫을 줄여 나누며
함께 살았죠. 하루에 한 끼도 먹지 못하는 날도 있지만
인도 사람들에겐 고양이들을 위해 먼 길을 걸어가
음식을 얻어다 줄 수 있는 마음이 있었어요.
힘든 현실을 핑계로 우리를 미워하거나 죽이지 않고,
그저 현실의 한 영역을 담당하는 존재들이라고 생각했죠.
물론 앞서 갔던 독일, 네덜란드, 그리스, 일본처럼

인도의 고양이들이 사람과 공존하며
안정적이고 행복하게 살아가는 것은 아니었어요.
그렇지만 서울의 길고양이들처럼 숨어 살아야 하는
존재들도 아니었어요. 일종의 자유가 주어졌죠.
한편으로 존중도 받고 있었고요.
그렇다면 충분히 행복한 생활을 하는 것 아닐까요?

원래 행복의 기준은 주관적이고
어떤 가치가 최우선이냐에 따라 행복의 방향도 다르니까요.
인도 캘커타의 고양이들은 이미 그 사실을 깨달은 것 같았어요.
행복에는 정답이 없건만, 행복한 삶의 기준을 찾아 나선
제가 어리석은 고양이가 된 기분이었죠.
그럼에도 불구하고 저는 여행을 계속하기로 했어요.

행복이 내 안에 있다는 것,
행복의 기준은 스스로 만드는 것임을 확인하기 위해서라도
여행은 필요하다고 생각했거든요.
다만 누구처럼 살기 위한 답을 찾는 여행이 아니라
나답게 살기 위한 방법을 깨닫는 여행으로 만들어보자고
다짐했죠.
저도 이제 어른이 되어야 할 시간이었으니까요.

15화

대만 허우퉁

고양이답게 살 수 있는
마을을 찾았어요

인도에서 너무 생각이 많았기 때문인지 조금 쉬고 싶어졌어요.
긴 여행을 하다보니 지치기도 했구요.
고향이 있거나 꼭 만나야 하는 가족이 있는 것도 아니고,
누군가가 저를 기다리고 있는 것도 아니기 때문에
돌아가야 할 이유도, 돌아가야 할 곳도 없었죠.
어딘가 마음이 포근해지는 곳으로 떠나고 싶었어요.
사람이 많지 않고, 조용한 시간을 즐길 수 있는 곳이 그리웠죠.

그때 생각난 곳이 여행을 시작할 즈음에 들렀던
대만의 고양이 마을 '허우통'이었어요.
아오시마 섬에서 만났던 한 친구가
자신의 고향이라며 소개해주었던 곳이었어요.
그 친구의 설명을 들으며 기회가 되면 꼭 허우통에 가겠다고
생각했죠. 정말 낭만적인 곳일 것 같았거든요.
사랑에 빠질 수 있는 곳이랄까요. 저도 이제 어른이니까 연애도
하고 싶었어요. 그래서 다음 목적지는 허우통으로 정했어요.

"따뜻한 곳이야. 조용한 곳이기도 해.
사람들이 열차를 타고 찾아오지만, 인파로 붐비는 곳은 아니야.

우리는 마을 어느 곳에서든 잠을 청할 수 있고,
햇볕이 따뜻하게 들어오는 창가 자리도 늘 우리 차지지.
천천히 마을 산책을 해도 좋고, 따뜻하고 맛있는 냄새가 나는
카페에 들어가 오후의 여유를 즐겨도 좋아.
지붕 위에 올라가 멍하니 하늘을 보며 여유를 부리기에도
제격이야. 누구도 우리를 방해하지 않고, 위협하지 않거든.
허우통에서는 시간이 고양이를 중심으로 흐르는 기분이야.
고양이처럼, 고양이답게 살 수 있는 곳이지."

광산촌에서 관광지가 된 마을

친구가 들려준 고향 이야기를 되새기며
마침내 허우퉁에 도착했어요.
기차역에서 나오자마자 고양이 한 마리가
벤치에 앉아 자고 있는 것이 보였죠.
사람들의 발소리도 그 친구의 잠은 깨우지 못했어요.
조금 더 걸어가니 작은 바구니가 보였고, 그 안에서 고양이
한 마리가 평온한 얼굴로 꿈을 꾸고 있었어요.

그곳의 고양이들은 사람들의 목소리와 발소리가 들려도
일어날 생각이 없는 것 같았어요.
역을 벗어나자 곳곳에서 자기만의 방법으로
시간을 즐기는 고양이 친구를 만날 수 있었죠.
다들 느긋하고 평온해 보였어요.
바쁘게 뛰어다니는 고양이는 없었죠. 고요한 그곳 분위기가
어색해 어쩔 줄 모르는 제가 가장 이상해 보였어요.
담벼락 위에서 저를 내려다보던 코이가 조용하고 나지막한
목소리로 말을 걸었어요.

"너, 이곳에 처음 왔나 보구나?"
"응, 처음 왔어. 그런데 너희들은 어쩜 그렇게 느리고 태평해?"
"느리고 태평하다고? 우리는 그저 예민하고 빠르고

侯硐(猴硐)
Houtong

불안해야 할 이유가 없을 뿐이야. 왜 그래야 하지?
우리는 우리의 방식으로 살고 있어."

내가 안쓰러웠는지 코이가 마을 구경을 시켜주겠다며
느릿느릿 몸을 일으켰어요. 절대 부지런을 떠는 일은 없었죠.
코이는 천천히 기지개를 켜듯 온몸을 늘인 후
담벼락에서 땅으로 내려왔어요.

그리고 느리지도 빠르지도 않은 걸음으로
허우퉁의 거리를 걷기 시작했죠.
저도 조심스럽게 코이 옆으로 다가가
그와 같은 속도로 걸었어요.

"허우통은 원래 광산촌이었어.
예전에는 열심히 일하는 사람들이 사는 곳이어서
지금보다 훨씬 활기차고 바쁘고 시끄러웠지.
그런데 광산이 문을 닫으면서 사람들은 이 마을을 떠났어.
우리 고양이들과 적은 수의 사람들만 남게 됐지.
그러다보니 사람들은 우리에게 관심을 돌리기 시작했어.
우리의 밥을 챙겨주기 시작했고, 우리가 머물 수 있는
공간들도 생겼지. 이 동네가 점점 살기 좋아지면서
우리는 더 즐거운 하루를 보내기 시작했어."

돌고 도는 마음

허우통에서 자기만의 방식으로 하루를 보내는
고양이가 늘어나자 고양이를 좋아하는 사람들이
허우통을 찾았고, 그 바람에
허우통은 점점 고양이 마을로 유명해지기 시작했대요.
마을은 활기를 되찾았고, 새로운 분위기가 생겼죠.
주말이면 300명이 넘는 사람들이 허우통을 방문한다고 해요.
그래서 코이는 주말이 시끄럽고 귀찮은 날이라고 이야기했지만
싫은 눈치는 아니었어요. 새로운 사람들을 만나고
그 사람들의 애정과 관심을 받는 것은 즐거운 일이니까요.

고양이가 모여 있는 곳이 자연스럽게 고양이 거리가 되고,
고양이의 숫자도 늘어나면서 문제들이 생겨나기 시작했어요.
사람들은 고양이 개체 수가 더 이상 늘어나지 못하게
관리를 시작했죠.

"사람들이 우리를 데려다 중성화 수술을 시켰어.
이 마을에서는 최근에 아기 고양이들이 잘 태어나지 않아.
고양이가 너무 많아지면 좋은 점보다 나쁜 점이 더 많다고
생각한 것 같아. 우리도 크게 불만은 없어.
이곳이 우리만 사는 마을은 아니니까. 사람들이 없으면
우리가 지금처럼 여유롭게 살 수 없기도 하고.

사람과 고양이가 함께 살기 위해서는
한쪽의 일방적인 이해나 희생만 있어서는 안 돼.
서로가 서로를 이해해야지.
우리도 그 사실을 충분히 알고 있고 이해하고 있어.
그만큼 지금 이 마을에 사는 고양이들은
현실에 만족하고 있지.
지금의 날들이 충분히 좋으니까."

30분 남짓 동안 마을 곳곳을 둘러보며
코이와 많은 이야기를 나눴어요.
사람들이 고양이에게 준 마음이 다시 사람들을
살기 좋게 만드는 모습이 인상적이었죠.
함께 살아가기 위해서는
한쪽의 일방적인 이해나 희생만으로는 부족하다는 말도
마음에 많이 남았어요.
우리는 본능을 제어하고 사람들은 우리에게
삶의 공간을 내주고
살아가는 데 필요한 것들을 챙겨줘야 하죠.
허우퉁 마을은 바로 그런 모습을 보여주는 곳이었어요.

허우통 마을에 반해버린 저는 한동안 그곳에서 살며
사랑하고 생각하는 시간을 보내기로 했죠.
그러다보면 또 어딘가 가고 싶은 곳이 생길 테니까요.

16화

다시
대한민국 서울

'함께'라는 말의
힘을 믿으세요

세계 곳곳에 살고 있는 길고양이 친구들을 만나고 싶었던 건
행복해지고 싶었기 때문이에요.
길에서 태어나 길에서 자라고 길에서 죽는 길고양이들에게
행복이란 말이 어울리는지 여전히 모르겠어요.
그동안 만났던 친구들이
모두 행복하기만 한 건 아니었으니까요.

여행을 하면서 행복이라는 단어의 필수조건을 한 가지
발견했어요. 바로 함께 사는 것, 공존이었죠.
서로 다른 생명이 한 공간에서 사이좋은 이웃으로
'함께' 살아갈 때
우리 모두가 행복해질 수 있다는 것을 알게 되었어요.
물론 쉬운 일이 아니지만,
여행을 통해 저는 아주 작은 희망을 본 것 같았어요.

이제 집으로 돌아가서
고향 친구들에게 제가 보고 느낀 이야기를
들려주고 싶어졌어요.

'함께'라는 말의 힘

제가 살던 서울은 제가 떠난 후에도 별로 달라진 게 없었어요.
돌아와서 보니 떠나기 전이랑 크게 차이가 없었죠.
못 보던 낯선 친구들도 있고,
더 이상 볼 수 없게 된 친구들도 있었어요.
아마 다른 곳으로 갔거나 어쩌면 무지개다리를 건너간 거겠죠.
슬퍼할 틈도 없이, 다들 저에게 몰려들기 시작했어요.
그래서 정신없이 여행 이야기를 시작했죠.

함께 ...

"새벽아, 여행은 어땠어?"
"많은 것들을 보고 느낄 수 있었어. 세계에는 고양이와 사람이
함께 살아가고 있는 곳들이 많았어.
도망치거나 죽이지 않고 함께 살 수 있는 방법을
찾고 있는 곳들도 많았고. 우리가 나쁘거나 불필요한 존재가
아니라는 사실을 아는 사람들도 많았어.
결국 서로에 대한 애정이 필요하다는 걸 깨달았지.
생명에 대한 존중과 함께!"
"너 너무 어려운 말을 하고 있는 거 같아.
무슨 소린지 잘 모르겠어. 자세히 좀 이야기해줘."

저는 그동안 여행에서 만난 사람들과 고양이들의
이야기를 들려주기 시작했고,
친구들은 놀라고 부러운 눈빛으로
제 이야기를 들었어요.
몇몇은 깊은 생각에 잠기는 것 같았고,
몇몇은 꿈같은 일이라는 듯한 표정을 지었죠.
그건 제가 여행을 하는 동안 지었던 표정들이기도 했어요.
그때 처음 보는 한 친구가 불쑥 말을 꺼냈어요.

"내가 여기 오기 전에 만났던 친구가 우리나라에도
고양이와 사람이 함께 살아가는 마을이 있다고 했어.
서울에 있다며 자기도 그 마을로 갈 거라고 했어.
나는 거짓말이라고 생각했는데 새벽이 네 이야기를 들으니
정말 있을 수도 있겠다는 생각이 드네."

세상에. 제가 멀리서 경험한 그런 곳이 가까이에 있다니.
상상만으로도 가슴이 떨렸어요.
그곳에 꼭 가봐야겠다는 생각이 들었죠.
이번에는 우리나라를 여행하면서 좀 더 가까운 곳에서,
제 친구들과 함께 행복해질 수 있는 방법을
궁리해봐야겠다고 생각했어요.

공존의 씨앗을 뿌리고 있는 장수 마을

그 친구가 이야기했던 마을은 바로 서울 낙산공원 근처에 있는
장수마을이었어요. 그곳에 도착하니 정말 많은 고양이들이
편안한 모습으로 살고 있었죠. 그 마을에는
신기하게도 거리 곳곳에 밥이 놓여 있었어요.
동네를 돌아보는 동안 우리가 먹을 밥이 놓여 있는 곳을
열네 곳이나 본 거 있죠. 정말이지 깜짝 놀랐어요.
우리 길고양이들은 늘 배가 고파요. 음식 냄새가 나는 곳을
찾아다니다 보니 쓰레기통을 뒤지는 일이 많았죠.
그런데 이 마을에서는 적어도 배가 고파서 쓰레기통을 뒤지는
일은 안 해도 될 것 같았어요.
맛있는 냄새가 나는 밥들이 마을 곳곳에 있었으니까요.

이 마을의 대장 고양이를 만났어요.
그 고양이는 계단에 누워 늘어지게 하품을 하고 있다가
저와 눈이 마주쳤죠. 민망한지 킁킁거리며 다가왔어요.
가볍게 인사를 나누고
대장 고양이에게 마을에 대해 물어봤어요.

"이 마을 사람들은 우리의 이웃이야. 며칠 전에는
새끼들이 태어났는데 마을 사람 중 한 명이 자기 집 옥상에

새끼들이 추위를 피할 수 있는 집을 만들어줬어.
너도 봤겠지만 거리 곳곳에
밥이랑 물도 놔주고 있어. 얼마 전에는
우리를 다 잡아가길래 우리를 죽이기 위해
일부러 밥을 둔 건 줄 알았는데 다시 풀어줬어.
알고 보니 중성화 수술을 시키려고 데려간 거였지.
이젠 괜찮아.

이 마을 사람들은 우리를
함께 사는 이웃으로 인정한 것 같아.

이 마을에서는 사람들을 피해 도망가거나 하지 않아.
다들 우리를 배려해준다는 느낌을 받았어. 예전에 사람들을
피해 살던 때보다 조금 더 편안하고 기분이 좋아.
물론 불안한 마음이 아예 없는 건 아니야. 또 언제
어떤 일들이 생길지 모르니까. 그렇지만 지금까지는 참 좋아.
이 마을에 오길 잘한 것 같아."

대장 고양이의 말을 듣다 보니 모로코에서 만난 고양이들이
생각났어요. 조금도 망설이지 않고 행복하다고 대답하던
그 고양이들의 눈빛이 잊히지 않았죠.
장수 마을의 대장 고양이도 잠깐씩 그런 눈빛이 되곤 했어요.
분명 이 마을 고양이들에게 행복이 성큼 다가온 것 같았어요.
때로 행복하다고 느낄 때도 있는 것 같았고요.

우리나라의 다른 곳에서도 그런 눈빛을 가진 길고양이들을
많이 만날 수 있었으면 좋겠어요.
우리 때문에 사람들이 불편할 때도 있다는 건 알아요.
그 불편함을 만드는 건
우리가 살기 위해 본능적으로 하는 행동들이겠죠.
우리가 생존을 위협받지 않으면, 사람들이 싫어하는 행동도
많이 줄어들지 않을까요?

저는 세계의 모든 길고양이가 행복해질 수 있다고는
생각하지 않아요.
길에서 살아가는 생명이 늘 행복하다는 건
사실 말이 안 되는 이야기이니까요.
그렇지만 세상이 무섭고 불안하고 언제 죽임을 당할지 모르는
곳이라고만 알고 떠나는 고양이들이 없었으면 좋겠어요.
길고양이들도 세상에 불필요한 존재들이 아니라
함께 살아가는 생명체라고 생각해주는
마을들이 조금 더 많아졌으면 좋겠어요.
장수 마을 같은 곳이요.
그런 곳이 조금씩 늘어나면 언젠가는 길고양이들도
정말 행복하다고 말하는 날이 오지 않을까요?

길고양이 새벽이의
지구별 여행기

초판 1쇄 인쇄 2018년 1월 10일
초판 1쇄 발행 2018년 1월 17일

글 에이의 취향 | **그림** 박지영

펴낸이 신경렬
펴낸곳 (주)더난콘텐츠그룹

기획편집부 송상미 · 박귀영 · 김순란 · 조은애 | **디자인** 박현정
마케팅 장현기 · 정우연 · 정혜민 | **관리** 김태희 | **제작** 유수경

책임편집 현미나

출판등록 2011년 6월 2일 제2011−000158호
주소 서울시 마포구 양화로 12길 16, 더난빌딩 7층
전화 (02)325−2525 | **팩스** (02)325−9007
이메일 book@thenanbiz.com | **홈페이지** http://www.thenanbiz.com
ISBN 978-89-8405-921-4 03810